過保護な心臓外科医は
薄幸の契約妻を極上愛で満たす

m a r m a l a d e b u n k o

若菜モモ

marmalade bunko
マーマレード文庫

目次

過保護な心臓外科医は薄幸の契約妻を極上愛で満たす

過保護な心臓外科医は
薄幸の契約妻を極上愛で満たす

プロローグ

「奈乃香《なのか》、穂乃香《ほのか》、大旦那様に庭で遊んでいいとお許しをいただいているけれど、調子に乗ってあちこち歩きまわらないこと。花を摘んだりしちゃだめだからね」

祖母は毎回、私と双子の姉の奈乃香に言い聞かせてから、庭で遊ぶのを許可してくれる。

と言うのも、祖母が家政婦をしている雇い主のお屋敷の庭なので、孫の私たちがいたずらをしてしまわないか心配なのだ。

小学校に上がったばかりの私たちは両親が共働きのため、放課後は近所に住んでいる父方の祖母に預けられていた。

祖母はお屋敷の敷地にある離れの家を借りて、住み込みで働いている。祖父もここで庭師をしていたが、私たちが生まれてすぐ病気で亡くなってしまっていた。

このお屋敷の大旦那様に許可を得て、私と奈乃香は保育士をしている母が迎えに来るまで、ここにいさせてもらっている。

「穂乃香は絶対に走ってはいけないよ」

必ずその一言を私に注意して、祖母は忙しそうに、夕食作りのためお屋敷に戻っていく。

祖母が毎回念を押すのは、私が先天性心疾患を患《わずら》っているからだ。心臓の部屋に穴が開いていて、自然と塞《ふさ》がれば手術をしなくても済むけれど、無理だったら手術も数年のうちにしなくてはならないと言われている。

私は手術が怖くて、祖母や両親の言いつけをしっかり守っていた。ちゃんと言いつけを守っていたら、穴は塞がってくれると信じていた。

「ほのちゃん、かくれんぼしようよ」

一卵性双生児の奈乃香と私はそっくりで、祖母でさえ頻繁《ひんぱん》に間違える。肩までの柔らかい黒髪は耳の横でふたつに結び、洋服は双子あるあるで色違いを着ている。活発な奈乃香は赤や黄が好きで、私はピンクや白が好き。

「うん。かくれんぼする」

「じゃあ、ほのちゃんがかくれて。とおくへは、いっちゃだめだからね」

そう言って奈乃香は私に背を向けて、「いーち、にーい」と数え始める。

私は走らないように気をつけて、綺麗《きれい》に刈りこまれた背丈より高い木の後ろに隠れる。この庭はこういった木やもっと大きな樹木があって、かくれんぼするにはちょうどいいのだ。

かくれんぼは私たちの退屈しのぎの遊びで、奈乃香は私を驚かせないように小声で位置を知らせながら探す。

奈乃香に見つからないように体育座りをして身を縮こませていると、目の前に影が落ちる。

「ほのちゃん、みーっけ」と言われるのだろうと、顔を上げてびっくりする。

そこにいたのは学校の制服を着た、アイドルのように綺麗な顔をしたお兄さんだった。時々見かける、お屋敷に住んでいるお兄さんだ。

「具合が悪い？」

心配そうに尋ねられ、私は首を左右に振ると人さし指を口に当て、「シーッ」と小声で言ってからにっこり笑う。

「なのちゃんとかくれんぼしているの。おやしきにすんでいるおにいさん？」

「かくれんぼをしていたんだ。そう、冬貴《ふゆき》って言うんだ」

「ふゆきおにいさん」

彼の名前を呟《つぶや》くと、お兄さんは「じゃあね」と言ってお屋敷の方へ去って行った。

「ほのちゃん、みーっけ！」

去って行くお兄さんを見ていると、奈乃香の声がした。

「あのかっこいいおにいさんと、おはなししたの？　ほのちゃん」

「うん。すわっていたから、ぐあいわるい？　って、きかれたの」

「わー、いいなー」

奈乃香はお兄さんと話してみたそうだった。


学校帰りの放課後は、私たちはいつもふたりで、祖母の家かお屋敷の庭で遊んでいた。走ったり驚いたり、疲れたりしなければ、胸が酷く苦しくなることもなく、少しの息切れくらいで済んでいた。

体調が悪くならないように気をつけて生活をしていたが、健康なのに私と同じ行動をしなければならない奈乃香は不満がたまっていた。

秋になると同じクラスの友達の家や公園に遊びに行くようになり、最初のうちは私も一緒に行ったけれど、走ったり飛び跳ねたりすることができないからつまらないし、友達が迷惑がっているのがわかって、ひとりで祖母のところへ行くようになっていた。

でも、ひとりだとつまらない。

「なのちゃん、きょうもあずさちゃんたちとあそぶの……？　わたしもいっていい？」

ランドセルを祖母の家に置いてから遊びに行こうとする奈乃香のあとに続く。

ここのところ、ずっとひとりで遊んでいたから、今日はついて行きたかった。

「だめっ、ほのちゃんがくると、みんながいやがるから」

庭から裏門に向かって駆け出す奈乃香のあとを、私は追っていた。

「なのちゃん！　待って！」

胸のあたりが痛くて仕方がなかった。けれど、奈乃香に置いていかれないように、その背中に向かって夢中で駆けていた。

「はぁ……は……はぁ……」

裏門を出たところで呼吸ができなくなるほど苦しくなった。次の瞬間、目の前が真っ暗になって、自分の体が自分のものでない感覚に襲われ――。

「な……の、ちゃ……」

「っ！　いったいどうしたんだよ！　大丈夫かっ！　おいっ！」

意識が薄れていく中、奈乃香の声ではなく、あのお兄さんの心配そうな声が聞こえたが、すぐに何もわからなくなった。

一、信じられない出来事

十年後。

「奈乃香《なのか》！　いい加減にしろ！　悪い連中と遊ぶんじゃない！」

リビングに父の怒号が響く。

父は百八十センチ近い高身長で体格もいいけれど、垂れ目で顔が優しそうなので、怒っていてもそれほど怖がられない。

「誰と付き合おうが私の勝手でしょ！　もうすぐ十八なんだから、いちいち指図しないでよ！」

肩甲骨まである髪を金髪に染めた奈乃香も、むきになって父に反抗している。

「少しは穂乃香《ほのか》を見習ったらどうなんだ！」

リビングの奥にカウンターキッチンがあり、私は夕食の後片付けをしていたが、父と姉の奈乃香の言い合いは、狭い家なのでよく聞こえる。

私を引き合いに出さなくてもいいのに……。

食器を洗っている母と私は顔を見合わせる。

都立高校に入学した奈乃香が、素行の悪い同級生や先輩と遊び始めてから、ふたりのこういったやりとりは、もはやめずらしくもなくなっている。

私も都立高校だけれど、奈乃香とは別の学校に通っている。校則が厳しいので私の髪は黒髪のまま。今の私と奈乃香は真逆の存在だった。

「あーうざいっ!」

奈乃香は父が引き留めるのも聞かず、リビングから玄関に向かい、家から出て行ってしまった。そのあとを父が追うが、すぐに肩を怒らせてリビングに戻って来た。

「お父さん、奈乃ちゃんは、ちゃんとコート着ていった?」

十二月も半ばとなり、今にも雪が降りそうなくらい外は寒い。奈乃香が風邪を引かないか心配だ。

「ああ。そういうところは抜かりない子だ」

そう言って父は深いため息を漏《も》らし、母は困ったように目を伏せた。

奈乃香がグレてしまったのは、私のせい。

小学一年の秋の放課後、祖母の家から友達と遊ぶという奈乃香について行こうとして無我夢中で走った私は、意識を失って救急車で大学病院へ運ばれた。

命が危ぶまれた手術だったが、なんとか一命を取り留めた。だが、心臓は完璧には良くならず、小学校を卒業するまで入退院を繰り返すことになった。

母は仕事をしながら私に付き添い、父も小規模の運送業を経営しているので忙しい毎日、奈乃香は学校が終わると、ひとりで祖母の家へ行く生活をしていた。

いつしか自分は両親にとってはどうでもいい存在で、妹は大事にされていると考え始めたようで、つらい想いを親身になって聞いてくれる、素行の悪い友人たちに依存していった。

中学生の頃はまだ行動範囲が狭かったが、高校生になると外泊、たばこ、お酒で、警察に補導されることもあった。

奈乃香がグレ始めた頃、両親は彼女を今まで以上に気にかけ、寄り添おうと常に中心に考えて動いていた。けれど、奈乃香の心には響かず反抗は続いた。

「穂乃香、お風呂に入ってもう寝なさい。ちゃんとお薬は飲んでいるわね？」

母に言われて頷《うなず》く。

三回の手術のおかげで、先天性心疾患は完治している。しかし、今も定期的に通院をしているし、疲れると立ちくらみや発熱するので、無理をしたり風邪を引いたりしないように言われていた。

奈乃ちゃんはどこへ行ったの……？

そう考えていたとき、家の電話が鳴って、近くにいた私が受話器を取った。

「もしもし？」

《穂乃香かい》

祖母だった。

「うん。おばあちゃん」

《奈乃香はうちに来ているから、心配しないよう剛志《つよし》に伝えておいておくれ》

祖母の家に行ったとわかって胸を撫でおろす。

明日は日曜日だから学校も心配いらない。そうは言っても、奈乃香は三年生になってからほとんど登校していないので、留年になりそうだった。

「良かった。伝えておくね。奈乃ちゃんに明日は一緒に夕食食べようって言ってね」

「ああ。わかったよ」

奈乃香の逃げ場は祖母の家だ。祖母のところなら寒くないし、ちゃんと食事もさせてもらえる。今日は夕食が終わった頃に奈乃香が帰宅し、父が叱《しか》ったことで言い合いになり、食事をしないまま飛び出していったから気になっていた。

電話を切って、こちらをうかがっている両親へ顔を向ける。

話の内容がわかったようで、私が話さずともふたりは安堵した様子で頷いた。

「母さんと一緒なら安心だ」

「ええ……。本当にどうしたら反抗的な態度がなくなるかしら……」

ソファに座る母の隣に腰を下ろした父が肩に手を置いて慰《なぐさ》める。保育士である母は奈乃香の態度に、教育者として不甲斐《ふがい》なさを感じ、打ちひしがれている。

そんな母を見るのはつらいし、その原因を作ってしまった私は申し訳なくなる。

「お……お風呂入ってくるね」

「そうしなさい」

父は私を元気づけるように微笑《ほほえ》んだ。父は私の気持ちをわかってくれている。

母は奈乃香が心配なあまり、私の気持ちに気づいていない。父がそのことを気に病み、ちゃんとお母さんに話すからと諭されたことがあるが、私が言わなくていいとお願いしたのだ。

中学生になるまでは心臓の悪い私を心配し、そのあとはグレてしまった奈乃香に気を揉んでいる。苦労が絶えない母は、同級生のお母さんより老けた印象が否《いな》めない。

自分の部屋がある二階へ上がり下着とパジャマを持って、一階のお風呂場へ向かう。

わが家は戸建ての賃貸で、一階にリビングダイニング、六畳の和室とお風呂場に洗面所、トイレがあり、二階には私と奈乃香のそれぞれの六畳の部屋と両親の寝室の4LDKという間取りだ。

都内でも高級住宅地の麻布《あざぶ》にある一軒家だが、私が幼稚園生の頃から借りている。賃貸に至った理由は祖母の家が近いのと、私が通う大学病院へはふたつ隣の駅で便が良かったから。しかもこの家は、海外転勤している父の知り合いから借りているので、家賃もこの近辺の金額より安価にしてもらえている。

海外転勤から戻って来るまでの契約で、当初五年間の約束だったが、バリ島で支社長になっている家主はなかなか日本へ戻って来られず、十年が経った。

湯船に浸かって視線を下げると、約五年前に受けた手術の傷跡が胸にあるのが目に入る。この傷跡を見るたび、顔が歪《ゆが》んでしまう。

あのとき、手術をしなければ私は今ここにいない。だけど、自分の体にこんなに大きな手術の痕があるのは醜《みにく》いと思っていた。

いつかは目立たなくなるのかな……。

湯船の前の鏡に映る自分を見る。

くっきり二重の黒目がちで、鼻筋も通っていると思う。唇は奈乃香のように血色は良くないけれど、いつも看護師さんは可愛いと言ってくれるし、お世辞でも嬉《うれ》しい。

いつかは好きな人と結婚したい。だけど、この手術の痕を見たら嫌われてしまうかも。

暗くなりそうな考えを追い払おうと、頭を振って両頬を手のひらでぴしゃりと叩《たた》く。

そんなことよりも、手術費用などで多額の出費をさせてしまった両親に孝行するために、どうしたらいいかを考えなくては。

私は管理栄養士を目指している。高校卒業後は、私立女子大学の家政学部で管理栄養士専攻に進むことになっていた。

大学はもちろん奨学金制度を利用する。これ以上、両親にお金を出させるわけにはいかない。奨学金の返済はあるが、手に職をつけ、病気で入院している子供たちを〝食〟で支えたいと考えていた。

私も〝食〟で元気になったから。


翌日の十八時過ぎ、奈乃香は祖母の家から戻って来た。四人でお鍋を囲んで話をしようと、水炊き鍋を用意していた。

「奈乃ちゃんの好きな水炊きにしたの。手を洗ってきて」

「いらない」

奈乃香は玄関横の階段を上ろうとした。

「奈乃ちゃん！　お父さんもお母さんも奈乃ちゃんを心配しているの。もちろん私も」

手すりに手をかけた奈乃香が振り返って、私をきつい目つきで見遣《みや》る。

「だからなんなの？　今さら心配なんて遅いの！　もう寝るから」

「お願いだから、ちゃんと話をしようよ」

「いい子ちゃんの穂乃香を見ていると吐《は》き気がする！　私のことなんてほっといて！」

私の存在が奈乃香をイライラさせているのだ。でも、いくら嫌われていても私は姉が好きだ。小さい頃、ずっと私を守ってくれていた姉が。

「穂乃香！　奈乃香をかまわなくていい！」

リビングのドアのところに父が立っていて、怒りの表情だ。

奈乃香は下唇をギュッと噛《か》んで、一目散に二階へ駆け上がっていった。

冬休みになっても、奈乃香は不良仲間と毎日遊び歩き、夜遅く帰宅する日が続いた。

クリスマス当日、家族でささやかなパーティーをしようと、私は朝からスポンジケーキを焼き、ローストチキンやサラダ、かぼちゃのスープの準備にいそしんでいた。

奈乃香に今日はクリスマスパーティーを家でやるから早く帰ってきてねと、スマートフォンにメッセージを送っていた。

母の働く保育園は、冬休みらしい休みもなく、休日は土日とお正月の三が日くらいで、平日の今日も仕事に行っている。

父も数人の従業員しかいない運送業なので、社長自らトラックを運転して業務に就いているが、今日は早く帰ってくると言ってくれている。

十八時過ぎ、母が帰宅し、三十分後に父が帰ってきた。父を玄関で出迎え、奈乃香でないことに、こっそり肩を落とす。

「ううっ、外は寒い。うまそうな匂いがするなぁ」

「本当に？　ローストチキンを焼いたの。お父さん、たくさん食べてね」

「ああ。食べるのが楽しみだ。手洗いをしてくるよ」

嬉しそうに笑って、父は洗面所へ向かった。

奈乃香ちゃんは戻ってこないつもりなのかな……。

リビングへ戻ると、母がテーブルに料理を並べてくれていた。

「穂乃香、上手にできたわね。かぼちゃのスープ、味見したらレストランの味みたいに美味しかったわ」

さんもいる。


「ふふっ、ありがとう」

「ケーキも売っているのと遜色ないわ」

スポンジを焼いたあとは生クリームといちごで飾り付けた。いちごで作ったサンタ
さんもいる。

母と話しながらも、奈乃香が気になって時計を見る。もうすぐ十九時だ。

スマートフォンをジーンズのポケットから出して奈乃香に電話をかけてみるが、呼
び出し音が鳴るばかりで出ない。

仕方なく、【奈乃ちゃん、今どこ？　一緒に食べようよ】とメッセージを送る。ス
マートフォンをポケットにしまおうとしたとき、メッセージの着信音がした。

奈乃ちゃん！

期待してメッセージを開く。

【今日は友達とクリスマスパーティーしているの。帰らないから】

「穂乃香、奈乃香から？」

母に話しかけられてハッと顔を上げる。

「あ、うん。友達とクリスマスパーティーをしているから帰れないって……」

「困ったものね……どうしてわかってくれないのかしら……」

「奈乃香は自分で気づかなければ変わらないだろう。せっかく穂乃香が腕によりをかけて作ってくれたんだ。三人で食べよう」

手洗いから戻って来た父は、私の肩に手を置いてダイニングテーブルへ誘導する。

「あ、お父さんとお母さんは先に座ってて」

クリスマスプレゼントを二階の自室に取りに行き、ふたつのラッピングされた袋を持ってふたりの元へ戻る。奈乃香の分も用意してあるが、部屋に置いてきた。

奈乃香がいないのは寂しいが、食事が始まった。

父はアルコールが飲めないので、ジュースで乾杯だ。その後、かぼちゃのスープを口にし、目尻を下げて喜んでくれる。

「うん！　このスープ、温まるなぁ。コクがあってうまい」

「穂乃香はお料理のセンスがあるわね。お義母《かあ》さんに似たのかしら」

祖母の料理が美味しいので、祖父が亡くなったあとも住み込みの家政婦としてやっていけているのだ。

ローストチキンを取り分けて、付け合わせのじゃがいもやニンジン、ブロッコリーなども食べてもらう。

父はたくさん食べてくれ、ケーキを食べる頃にクリスマスプレゼントを渡した。

自転車で通勤している母にはワインレッドの手袋で、父にはグレーと黒のストライプのマフラーだ。

「考えて選んでくれたのね。ありがとう。明日から使わせてもらうわね」

「穂乃香、とても暖かいよ」

父はすぐに首に巻いてくれ、母もカシミヤタッチの手袋を撫《な》でて嬉しそうだ。選んでよかったと思わせてくれる。

「これは私たちからだ」

リボンのかけられた三十センチ四方より大きな箱が渡される。

「なんだろう……」

リボンを解いて箱を開けて中を見ると、クリーム色の革のバッグが入っていた。

「大学に持って行けると思って選んだの」

「素敵《すてき》なバッグ！　丈夫そうだし、これなら教科書を入れて通学にも使えそう！　お父さん、お母さん、ありがとう！」

すっくと立ち上がり、肩からバッグを提げてクルッと回ってみせる。

「似合うぞ。大学生になったら学ぶことも多いが、体に気をつけて頑張るんだぞ」

「うん、管理栄養士になれるように頑張るから」

ここに奈乃香がいてくれたらと思うと、ため息を漏らしそうになるが、ぐっと堪《こら》えた。

私と母が食器の片付けをして、父はソファで寝転んでテレビを観ながらウトウトしている。

「あなた、お風呂に入って寝た方がいいわ」

母がキッチンから声をかけると、寝ぼけた声で「あぁ……」と聞こえてくる。

壁にかかっている時計は、二十二時になろうとしている。

「ここは私がやるから、お母さんもゆっくりして」

料理は好きだし、後片付けも嫌いではない。

「ありがとう。でももう少しだから。穂乃香は今日頑張ってくれたから、疲れたんじゃない？」

「ずっとキッチンに立っていたわけじゃないから」

母に気遣われ、小さく首を横に振る。

ふいにリビングにある電話が鳴り、母が手を拭きながら受話器を取った。

「石田《いしだ》でございます」

名乗ったあとハッと息を呑《の》んだのがわかり、何事かと母の元へ向かう。父もソファに体を起こした。

「はい。奈乃香は娘です。申し訳ございません。すぐに向かいます」

母は見えない相手に頭をぺこぺこ下げてから通話を終わらせた。

「警察か？」

「ええ……池袋《いけぶくろ》の歩道でお酒を飲んで騒いでいたと」

警察に補導されるのは五回目なので、両親はそれほど慌てていない。

奈乃ちゃん……。

「穂乃香、父さんたちは奈乃香を迎えに行って来るから、先に寝ていなさい」

「私も行ってはだめ？」

「外は寒いから、風邪を引いてしまう」

「……わかった。奈乃ちゃんのこと、あまり怒らないでね」

「ああ」

父は約束してくれたけれど、奈乃香の態度次第では厳しく叱るだろう。

出かける準備を終わらせた母は、さっそくワインレッドの手袋をはめてくれていた。

「父さんも、もらったマフラーをしよう」

父もいそいそと首にマフラーを巻き、「行って来るよ」と玄関で見送る私に手を振った。

「気をつけてね。いってらっしゃい」

母も「心配いらないからね」とにっこり笑って玄関を出て行った。

鍵をかけたところで、敷地内の駐車スペースから車のエンジン音が聞こえてきた。

片道三十分くらいだから、警察署で手続きをして日付が変わる頃までには戻って来るかな……。

お風呂に入って、パジャマの上に暖かいカーディガンを羽織り、リビングで両親と奈乃香の帰りを待つ。

テレビはつけてあるが、ソファの上に座って膝を抱え奈乃香のことを考えている。

悪い友人と手を切ってほしい。

積極的で行動派な性格だから、抑え込まれるのが嫌なだけ。

私は大学の寮に入ろうと思っている。両親と奈乃香の三人で暮らせば、ちゃんと愛されていることを実感してもらえるはず。

時刻は二十四時になる。もうそろそろ戻って来るはず。

外は寒いからホットミルクティーを作ろう。飲んでくれるかな。茶葉から煮出したミルクティーは奈乃香が好きなドリンクだ。

キッチンへ行こうとソファから立ったとき、家の電話が突然鳴り、驚きに体が跳ねた。
びっくりした……。こんな時間に電話？　お父さんかお母さん？
それだったらスマートフォンにかけてくるはず。
いたずら電話だったら嫌だなと考えながら、おそるおそる受話器を耳に当てた。
《こちら警察の者ですが、石田さんのお宅ですか？》
神妙な声が聞こえてきて、嫌な予感に襲われた。
「は……い」
《あなたは穂乃香さんですか？》
どうして私のことを知っているの？
いたずらなのかもと、返事を躊躇《ちゅうちょ》する。
《高速道路でご両親と娘さんが事故に遭われました。すぐにいらしてください》
「ええっ!?」
鼓動が大きく跳ねて、胸にズキッと痛みを感じた。
事故？　本当に……？
茫然となって、相手が何か話しているのに理解できない。
《もしもし!?　大丈夫ですか？》

「は……はい。事故って、どのくらいの？　お父さんとお母さん、奈乃香は無事なんですよね？」

《あなたは学生ですよね。ひとりで来られますか？　どなたか頼れる方はいますか？》

祖母の顔が思い浮かぶ。だけど、三人が事故に遭ったと伝えて体調が悪くなりでもしたら……。真夜中だし、七十一歳になった祖母には酷《こく》というものだろう。

「ひとりで行きます」

警察官は病院名を告げ、電話横にあるメモに記入した。

電話を切って歩こうとすると、脚が震えている。メモに書いた字もミミズがはったような酷《ひど》い字だ。

警察官は事故について何も言ってくれなかった。心細くて怖い。でも早く行かなくては。

両親と奈乃香が搬送された救急病院は、タクシーで十数分ほどのところにあり、警察から連絡を受けてから三十分後には到着することができた。

救急の入り口に若い警察官が立っていて、私を見た瞬間、悲痛な表情になったのがわかった。

どうしてそんな顔をするのか、困惑しながら名前を名乗ると、その理由がわかった。

父が運転していた車は、高速道路の中央分離帯にぶつかる単独事故で三人とも即死だったと告げられた。

信じられない話に私は激しく動揺し、ショックでその場で失神した。

意識を失っていたのは十五分ほどで、目を覚ました私に再び悲惨な現実が突きつけられた。

どうして……事故なんかに……。

遺留品の中に私が数時間前にプレゼントをしたマフラーや手袋があって、それらには大量の血痕がついていた。

三人が横たわる霊安室で泣き崩れ、夜が明けるまでそばから離れられずにいた。

母方の両親はすでに他界しており、頼れるのは父方の祖母しかいない。早朝、祖母へ電話をかけたが、言葉にできなくてそばにいた警察官が事情を説明してくれた。

しばらくして気が動転した様子の祖母がやって来て、わき目も振らずに白い布がかけられた父にすがりついて泣き叫《さけ》ぶ。心が痛くて仕方がなかった。

これは夢で、すぐにお母さんが起こしに来てくれる。

そう思いたかった。

「剛志ぃ――」

祖母の号泣に、私も涙が止まらなかった。


葬儀場の祭壇で父と母、奈乃香が笑っている遺影を茫然と見つめている。

僧侶がお経を唱える中、弔問客がお焼香を済ませては出て行く。

祖母はこの場所にいない。体調を崩してしまったのだ。

この四日間、やらなくてはならないことが大量で、自宅へも父や母の知り合いの弔問などもあり忙殺されていた。

夜は眠れず、精神はぼろぼろ、体は倒れる寸前だったが、私がしっかりしなくてはちゃんと三人を見送ってあげられないのだと、自分を奮い立たせていた。

私も……三人のところへ行きたい……。

ふとそんな考えにとらわれそうになるが、今は現実を見なくてはならない。

祖母は入院しているので、喪主は私しかいなかった。

父の古くからの友人で、わが家にも時々遊びに来ていた西村《にしむら》さんが、親身になって手伝ってくれたのが救いだった。

四十九日が終わり、父と母、奈乃香は祖父が眠っているお墓に納骨された。

納骨には祖母とふたりで立ち会った。

「奈乃香、これで剛志や美登里《みどり》さん、穂乃香もゆっくり眠れるだろう」

「……そうだね。おばあちゃん」

住職が立ち去って、まだ墓石の前に佇《たたず》んでいる私に祖母がしんみりと話す。

両親たちの事故後、倒れた祖母は退院したとき、私を〝奈乃香〟と呼んだ。最初は間違えたのだろうと気にも留めなかったが、それからも私を呼ぶときは奈乃香〟だった。何度も訂正したけれど、頑《がん》として私を穂乃香と認識してくれなかった。

医師にも相談したが、大変なショックで記憶を取り違えてしまうこともあると言われ、様子を見るしかないようだ。無理にわからせようとすると、余計に混乱をまねきかねないと言われたので、今はそのままにしている。

「事故に遭ったのが、奈乃香、お前じゃなくて穂乃香で良かったよ」

自宅に戻るタクシーの中で、ふいに祖母が口にした言葉に耳を疑った。

「え……？　ど、どうして……？」

「穂乃香は生まれつき心臓が悪かったせいで、両親はあの子のことばかりだった。特に美登里さんは穂乃香、穂乃香って。奈乃香、お前が不憫《ふびん》で仕方なかったよ。バチが当たったんだね」

祖母がそんな風に考えていたなんて、あまりのショックに声が出なかった。

だから奈乃香の死を受け入れられず、私が……穂乃香が死んだと思い込んだの？

「お前だけでも生きていてくれて本当に良かったよ。悲しみに負けないよう、奈乃香、ゆっくりとこれからのことを決めるんだよ。まだ若いんだから、楽しいことなんてごまんとあるさ」

そう言ったとき、祖母が家政婦をしているお屋敷の裏門にタクシーがつけられた。

「お、おばあちゃんも体に気をつけてね。無理をしないで」

「もう大丈夫だよ。四十九日経ったんだ。お前こそ体をいたわるんだよ」

祖母と別れ、ぼんやりとした状態でタクシーに揺られる。

おばあちゃんは、私が死んで良かったって言った？

傷心のまま、それが癒《い》える間もなく自宅に着いた。タクシーを降りてとぼとぼと歩を進め、今はがらんとした駐車スペースの脇を通り玄関の鍵を開け中に入る。

玄関の扉が閉まると同時に、足の力が失われてその場に座り込む。

苦しい……胸が痛いよ……。

まさか祖母にあんな風に思われているとは、考えてもみなかった。

無事に三人を納骨したけれど、祖母の本心を知り、何もやる気が起きなかった。

クリスマスの夜に事故があり、年末に葬儀、そして四十九日の納骨で、二月も半ばになっている。

高校の卒業は問題なくできるので、三学期になってまだ一度も通学していない。父の経営していた運送会社は社員たちに任せている。そのまま会社を存続させるのかも社員たちが検討中だ。

三月に十八歳になる私の後見人には祖母がなったが、心労を抱えているし、家政婦の仕事もあって忙しいので、各種の手続きなどの準備や打ち合わせは私自身が行いサインをもらうだけにしている。

しかし、保険関係などの書類など内容が今は頭に入らなくて、ほとんど家を出ずにぼんやりしていた。

三月の初旬が高校の卒業式で、それから一カ月後が大学の入学式である。

だが、もうどうでもいい感覚に陥《おちい》るばかりで、気が滅入って仕方がなかった。

四十九日が終わってから一週間後の夕方、祖母から煮物を届けに来てくれると連絡をもらった。

部屋着で過ごしていたのでトレーナーとジーンズに着替えて、お茶の用意をして待っていた。

家族を突然失ってしまい、なんとか手厚く送ることはできたが、精神が疲弊《ひへい》し、食事もほとんどとっていないので、動くとすぐに立ちくらみが起こるし体がだるかった。

少ししてインターホンが鳴った。モニターの画面に祖母が映っている。

「今、開けます」

いつもなら「今開けるね」なのに、祖母の気持ちを知ってから、なぜか一線を置いた言葉になってしまう。

玄関のロックを解除して、内側からドアを開けると祖母はひとりじゃなかった。後ろに豪華な白い花をベースにした仏花を持った、背の高い美麗な男性が立っていた。

駐車スペースには高級外車が止められている。

誰……?

「奈乃香、お屋敷の冬貴《ふゆき》様だよ。車で送ってくれたんだ」

冬貴様……。

小学一年生の頃、お屋敷の庭で奈乃香とかくれんぼをしていたときのことを思い出した。

『具合が悪い？』

『なのちゃんとかくれんぼしているの。おやしきにすんでいるおにいさん？』

『かくれんぼをしていたんだ。そう、冬貴って言うんだ』

『ふゆきおにいさん』

懐かしい記憶が蘇《よみがえ》る。

友達と遊ぶという奈乃香を追いかけて意識を失いかけたとき、彼が救急車を呼んで助けてくれたのだ。その後、会うこともなかったので、ずっとお礼を言えずにいた。

またとない機会に嬉《うれ》しくなって、彼に顔を向けて口を開こうとしたとき――。

「冬貴様、孫の奈乃香です」

祖母が私を〝奈乃香〟と紹介して、ハッとする。祖母の手前、自分が〝穂乃香〟だと言えなくなった。

「奈乃香さん、このたびはお悔やみ申し上げます。突然のことで大変だっただろう。お線香をあげさせてもらってもいいかな？」

冬貴さんは真摯《しんし》な態度で弔辞を述べると、祖母が目をハンカチで拭《ぬぐ》う。

「冬貴様、お気持ちありがとうございます。奈乃香、私が案内するからお前はお茶を入れておくれ」

「いや、奈乃香さん、お茶はいらない。おばあさんを送ってきただけで、すぐに行くから」

「わざわざ送ってくださったのに、お茶も差し上げないなんて」

「これから行くところがあるので。奈乃香さん、案内してくれる？」

「はい。どうぞ。こちらです」

ふたりに上がってもらい、冬貴さんを和室の仏壇へ案内する。

〝奈乃香〟と呼ばれることも、お礼を口にすることもできなくて意気消沈していた。

彼は仏壇の前で正座をして、お線香を供えてから両手を合わせている。

幼い頃は、テレビに出ているようなかっこいいお兄さんに思えたが、その印象は間違っていなかった。十年経っているので彼は二十代後半だろう。黒っぽいスーツを着た彼は誰もが目を瞠《みは》るであろう端整な顔の持ち主で、落ち着いた雰囲気《ふんいき》もあって極上の大人の男性って感じだ。

冬貴さんが無駄な動作もなく立ち上がり、私は頭を下げる。

「ありがとうございました」

頭を上げたとき、気遣うような眼差《まなざ》しで見つめられ、わけもなく鼓動がトクンと跳ねる。

「顔色が悪いね。食事はちゃんとしているかい？」

「……はい」

「おばあさんから聞いていたが、穂乃香さんは手術を克服して元気に暮らしていたそうだね。こんなことになって心から残念に思う。奈乃香さん、つらいだろうが頑張って」

冬貴さんの言葉で、余計に自分は〝穂乃香〟だと言えなくなってしまった。

「ありがとうございます……」

どっちにしろ、彼と会うのはこれっきりなのだから、どうでもいいと思うしかない。

「冬貴様、ありがとうございました」

祖母は冬貴さんに深々と頭を下げてお礼を告げると、出かける用事があるという彼は帰って行った。

「一時帰国したばかりだというのに、冬貴様に気を遣わせてしまったよ」

仏壇には御仏前の袋と、畳の上に先ほど彼が持っていた花束が置かれていた。

「一時帰国？」

祖母はほとんどお屋敷の主《あるじ》、綾瀬《あやせ》家の人々の話をしないので、現況はまったく知らなかった。

「ああ。冬貴様は今、アメリカの病院で働いているんだよ」

そう話す祖母は誇《ほこ》らしげな表情だ。

「病院って、お医者様なの？」

「そうだよ。ほら、冬貴様が言っていたとおり、顔色が悪いし、少し痩せたんじゃないかい？　風が吹けば飛ばされそうじゃないか。煮物と炊き込みご飯を作ってきたから食べなさい。私は帰るよ」

祖母はブラウンのコートを手にして羽織る。

「え？　もう……？」

「ああ。ここにいるとつらいんだよ。じゃあね」

祖母の気持ちもわからなくはない。最愛の息子を亡くして気持ちが追いつかないのだろう。

「おばあちゃん、ありがとう」

玄関で靴を履いた祖母は、振り返り私の頬に手のひらを置いた。

「ちゃんと食べるんだよ」

「送るわ」

「いいんだよ。歩いて十分くらいだしね」

祖母は皺《しわ》のある顔を緩ませて玄関を出て行った。祖母を見送ってから和室に戻って仏壇の前へ正座をする。

部屋は一日中カーテンが引かれたままで薄暗く、仏壇に供えてある仏花はしおれているものもあって元気がない。対照的に座布団の隣にそっと冬貴さんが置いた仏花は生き生きとして美しい。

それを見た瞬間、申し訳ない気持ちに襲われた。

「お父さん、お母さん、奈乃ちゃん、ごめんなさい」

何事もやる気の起きなかった自分を叱咤《しった》する。

冬貴さんからいただいた花束を持ってすっくと立つと立ちくらみはあったが、目を閉じてやり過ごし治まってから花瓶をふたつ抱えてキッチンへ向かった。

花瓶の花を捨てて綺麗《きれい》に洗い、新しい水を入れる。それから冬貴さんが供えてくれた仏花の包装紙を剥《は》がして、ちょうどいい長さに切っていく。

彼は私の命の恩人だ。

胸が苦しくて、痛くて、意識が遠のく中、冬貴さんが手を握ってくれて励ましてくれていたのを覚えている。彼が即座に救急車を呼んでくれていなければ、私はあのとき死んでいたかもしれない。

ちゃんと感謝を伝えたかった。

祖母が働いているというだけで、わが家とは関わりのない冬貴さんが弔問に訪れたのは、もしかしたら自分が助けた心臓病の女の子《私》のお悔やみをしたかったから?

勘違いをさせてしまって心苦しいが、このことは忘れよう。

花の茎をカットして花瓶に挿していくうちに気持ちが少しずつ前向きになっていく。

残された私を、お父さんもお母さんも心配しているはず。

「できたわ」

ふたつの花瓶には、先ほどよりも見違えるような生き生きとした花が活けられた。

花の位置がずれないようにひとつずつ仏壇に運び、着座してからロウソクに火をつける。

お線香を焚いて、三人の写真、そして小学生の頃、病室で撮った写真を見つめる。ベッドで体を起こす私を中心に四人で笑顔の写真だ。

幸せだった記憶を思い出して泣きそうになりながら目を閉じ、両手を合わせる。

お父さん、お母さん、奈乃ちゃん。まだ胸にぽっかり穴が空いたみたいで、夢だったんじゃないかと思う毎日だけど、これからは三人に恥じないように生きていくね。ちゃんと見ていてね。

二、父親の借金

二月の下旬、事故後初めて学校へ行った。その日が高校最後の日で、まだみんなとワイワイ話す気持ちにはなれないが、あとは卒業式しかないので登校した。

登校後、職員室へ行って担任に葬儀の際のお礼や挨拶《あいさつ》を済ませて教室へ入ると、親友の川上《かわかみ》凪咲《なぎさ》が駆け寄って私を抱きしめる。

「穂乃香《ほのか》！　来たんだね！　待ってたよ」

クラスメイトも私たちの周りに近づき、口々に「大丈夫？」や「心配していたんだよ」など、思いやりの言葉をかけてくれる。普段はほとんど話をしない男子生徒までも気遣ってくれている。

「凪咲、みんな、葬儀のときは来てくれてありがとう」

「当然だよ。あのときの穂乃香、つらそうで……連絡もあまりできなくてごめん」

凪咲が両手を顔の前で合わせて謝る。

「ううん。当然よ。私でもどう声をかけていいのかわからないと思う。心配をかけてごめんね。もう大丈夫だから」

大丈夫ではないが、凪咲やクラスメイトの顔を見ていたら少し元気が出てきた。

そこで先生が現れ、話は放課後に持ち越しになった。


放課後、学校の帰り道にあるファミリーレストランに凪咲と寄った。

ナポリタンスパゲティとシーフードサラダとドリンクバーを選んでから、クリスマスの日から続いたつらい出来事を話し始める。

すべてをさらけ出して話せるのは、中学校から一緒の凪咲しかいない。彼女も私と同じ大学の家政学部・児童学科に入学し、将来は幼稚園の先生を目指している。

中学からの友人なので奈乃香《なのか》のことも知っている。同じ中学校だったのに、〝知っている〟程度なのは、奈乃香が不良たちとつるみ始めたからだ。

根が真面目な凪咲なので、どうしても苦手意識があったようだ。私も姉じゃなければ、違う世界の生徒として一線を引いていただろう。

「え？　おばあさんが穂乃香のことを、奈乃香だと思い込んでいるの⁉」

凪咲は驚いて同情の目を向ける。

祖母が私のことをどう思っていたかを話した。口にするのはかなりつらかったが、ひとりでも知ってもらえていると心が軽くなる気がした。

「冷静に私は穂乃香だと話しても、まったく取り合ってくれないの。手術痕も見せたけれど、祖母の頭に穂乃香はいないの」

「酷《ひど》い……そんなことがあったなんて。唯一の親類なのに……つらいね」

「祖母も突然の事故で心がついていかなかったんだよ。奈乃香はお父さんと言い合いになると、よく祖母の家を逃げ場にしていたから」

あのクリスマスの夜、なぜ車が中央分離帯にぶつかったのか、警察がドライブレコーダーを解析し原因がわかった。

ドライブレコーダーには事故に遭《あ》うまでの車内の会話が残されていて、怖くて聞きたくなかったけれど、それは避《さ》けて通れないと心を強く持って対峙したのだ。

父と奈乃香はいつものように言い合っていた。警察の世話になって、父も憤《いきどお》っていた。叱責は続いていたが、突然、奈乃香の咳が止まらなくなった。

風邪を引いたのではないかと、母の心配そうな声も入っていた。

ゲホゲホと奈乃香の咳のあと、父の「大丈夫か？　ティッシュを——」で終わっていた。

父がティッシュを取ろうとしたとき、深夜の高速道路で思いがけなくスピードも出てハンドル操作を誤ったと結論付けられた。

原因を知るのは怖かったが、事故直前の会話がわかり救われた気がした。父は奈乃香を心配したのだろう。酷い言葉を投げ合っている最中ではなくて良かった。

「私も一緒に警察署へ迎えに行けば良かったって、ずっと後悔していたの。奈乃ちゃんの隣に私がいたら、きっと事故なんて起こらなかったのにって……」

「穂乃香のせいじゃないよ。そんなこと考えちゃだめ。〝たられば〟なんて考えたらきりがないよ。運命は避けられなかったの」

「凪咲……。うん。そうだよね」

親友に諭されて、もう事故のことは考えないようにしようと思った。

卒業式の日、凪咲は私が寂しくないように泊まりに来てくれた。春休みも横浜《よこはま》や自由《じ　ゆう》が丘《おか》、代官山《だいかんやま》などへ一緒に出かけた。凪咲と出かけていると、事故のことなんてなかったような日常を過ごすが、自宅へ戻った瞬間、現実に引き戻される。

いつになったらこんな風に思わなくなるのだろうか……。

春のお彼岸では祖母と一緒にお墓参りをし、時間をかけて墓石や周囲を掃除して、父が好きだった銘柄の缶ビールやおはぎを供えた。

そして四月に入り、入学式の日になった。

グレーのツーピースを着て、凪咲と大学へ向かった。学部が違うので到着すると別れたが、式が終わると再び合流して、わが家で入学祝いをしようということになった。

自宅の最寄り駅にあるスーパーマーケットで、凪咲のリクエストのマカロニグラタンの材料などをメインに買い物をして、私たちはレジ袋をひとつずつ持って帰宅した。

凪咲はわが家へ来ると、真っ先にお線香を上げて「お邪魔します」と挨拶《あいさつ》してくれる。

「まだ夕食には早いからお茶しようか」

冷蔵庫に食材をしまって、ケトルでお湯を沸かす。

そこへ電話が鳴って出ると、父の友人の西村《にしむら》さんだった。葬儀以来となるが父に挨拶したいそうで、これから来ることになった。

西村さんはたしか父より十歳上で、輸入会社を経営していると聞いている。

「凪咲、ごめん。父の友人が弔問したいって」

「いいよ、いいよ。でもさ、女の子がひとりの家に来るって、どうかな~。私がいてよかったよ」

考えてみたら、凪咲の言葉も納得する。

「お葬式のときに力になってくれた人だから、そんな深読みする必要ないって」

そのときは祖母や式場のスタッフがいたので、ふたりきりで会ったことはないが。


それから三十分ほどが経って、西村さんがやって来た。眼鏡をかけた優しいおじさんという印象だ。仕事の途中なのだろう、チャコールグレーのスーツを着ている西村さんは、パティスリーの菓子折りと仏壇に供える花束を持って来てくれた。

凪咲は二階の私の部屋にいる。

「穂乃香ちゃん、あれから三カ月が経ったが元気にしていたかね」

「はい。なんとか……今日は大学の入学式だったんです」

「そうか……、剛志《つよし》や美登里《みどり》さんも晴れの姿を見たかっただろう。さっそく、お線香をあげさせてもらってもいいかな」

「お願いします」

西村さんを和室へ案内して、キッチンへ歩を進めてお茶を入れる。

仏壇のリンの音色が聞こえてくる。

リビングのダイニングテーブルにお茶を入れた湯呑《ゆのみ》を置いたところで、西村さんが和室の入り口に立った。

「西村さん、お茶をどうぞ」

「ありがとう。今日は穂乃香ちゃんに話があって来たんだよ」

椅子《いす》に座る西村さんに首を傾《かし》げる。

「お話……ですか？」

西村さんの対面に腰を下ろすと、彼は足元に置いたビジネスバッグから何かの書類が入ったクリアファイルを出してテーブルの上に置く。

緊張した面持ちでいると、書類が私の目の前に差し出された。

「言い出しにくいことなんだけどね？　お父さんは私に借金をしていたんだよ」

「え？　しゃ、借金を？」

寝耳に水であぜんとなり、西村さんを食い入るように見つめる。

「これが書類で、目を通してほしい」

心臓をドキドキさせながら、書類へ視線を落として読み始める。

数回に分けて用途と金額が書かれてあった。最初は私の手術や入院にかかる費用で、それほどの金額ではなかったが、運送業を始めたときのものと合わせると合計が八千万円だった。

この十年間で返済した金額は二千万円。残りは六千万円とある。

父が借金の話をしたことはなかったので一瞬疑ってしまったが、数枚の借用証書には見覚えのある字でサインしてあった。

「こんなに借金があったなんて……」

「家族を亡くした直後には話せなくてね。三人の保険金で返済してもらえないかな」

突として、保険金の話が西村さんから出て困惑する。

「まだ……手続きが……」

色々と事故の調査もあるようで、まだ手続きは終わっていない。

生命保険金は父と母の分しか掛けられておらず、奈乃香と私には十八歳で満期の学資保険が掛けられていた。合わせても四千万くらいにしかならないだろう。

それに、一度詳しい人に話を聞きたい。親身になってくれていた西村さんが騙そうとしているなどとは思っていないけれど。

「穂乃香ちゃんはこれから大学生だ。全部返してほしいとは言っていない。だが、逃げられるとこちらとしても困るんでね。ある程度は返済してほしい。また連絡するよ」

西村さんはやんわりと笑みを浮かべて、椅子から立ち上がった。

何も言えないまま玄関へ足を運び、黒の革靴を履いてこちらへ体を向けた西村さんに頭を下げた。

「そんなに気を落とさないでほしいな。ある程度は融通するつもりだよ」

「……はい」

「じゃあ」

西村さんが立ち去り、ドアを閉めて鍵をかけたところで、凪咲が二階から下りてきた。

「凪咲……」

「穂乃香、顔が青いよ。何かあったの？」

「どうしよう……」

それしか言葉が出てこなくて、凪咲にリビングへ引っ張られていく。

先ほどまでの椅子に座らされて、凪咲は隣の椅子へ腰を下ろす。

私は暴れる鼓動を鎮めようと、大きく深呼吸した。

「……凪咲、うちに借金があったの」

「ええっ!? 借金？ いくら？」

西村さんが置いて行った借用証書のコピーを、当惑している彼女の前へ滑らせる。

「こ、こんなに……？」

凪咲は二の句が継げないようだ。絶句する彼女に小さく頷《うなず》く。

「早急にできるだけ払ってほしいって」

「そんな！　家族を亡くしたばかりなのに！」

凪咲は憤ってプルプル震えている。

「……払えるだけ、払うしかないよね。家のローンだったら、世帯主が亡くなってしまった際には支払いは免除されるシステムもあるけど、この家は賃貸だし。家賃とか疎《うと》くていくら払っていたか知らなかったんだけど、毎月二十万円かかっていたの」

「この場所だったら普通で借りたら六十万はくだらないから破格値だとは言え、引っ越しも考えた方がいいかもね」

凪咲の言うとおりだ。引っ越しは考えていた。事故前は大学の寮にしようと思っていたが、こんなことになって手続きを進められなかったのだ。

「この家のオーナーで、海外にいる父の友人に連絡を取らなくちゃ」

「こんな大金支払えるの……？」

「ん……たぶん……全部ではないけれど……」

ただ、この借用証書をうのみにしてしまってもいいのか……心配だった。でも父のサインはあったし本物なのだろうとは思うが。

「穂乃香、パパに相談していい？」

凪咲の父親は会社経営をしているので、アドバイスをもらえそうだ。

「いいの？　大人の知り合いなんていないから助かるよ」

凪咲のパパさんなら遊びに行ったとき何度か顔を合わせていて、どっしり構えていて会社経営者の風格のある人だ。

今はくよくよ考えても仕方がない。こういうときは料理よね。

「凪咲、おなか空いたね。作るから」

「私も手伝う！」

キッチンへ入る私のあとから凪咲がついてきて、ふいに背後からギュッと抱きつかれた。

「どんなことがあっても穂乃香なら乗り切れる！　お金関係は私には解決できないけれど、つらいときは気持ちをさらけ出して。何時間でも何日でも聞くから」

凪咲の言葉に目頭が熱くなっていく。

瞳を潤ませながら「うん、ありがとう」と頷いた。


凪咲のパパさんから連絡をもらったのは、西村さんの衝撃的な話から三日後だった。

大学の授業も始まった週末、私はわが家から一駅のところにある凪咲の家へ赴《おもむ》いて話を聞いた。

会社の法務部に見てもらったが、不審な点はなかったと言う。支払期限は設定されていなかったが、貸主からの要求があれば速やかに返金する旨が書かれてあった。

その夜は凪咲のママさんが作ってくれた夕食を、弟君を入れて五人で食卓を囲んで食事をした。こんな風にして食事をするのはクリスマスの日以来だ。楽しかったあのときを思い出して涙がこぼれそうになるが、泣かないように筑前煮《ちくぜんに》を口に入れた。


「ごちそうさまでした」

「穂乃香ちゃん、うちの弁護士に任せてくれてもいいんだからね」

帰り際、パパさんの優しい言葉に再び泣きそうだったが、にっこり笑みを浮かべる。

「ありがとうございます。返済のときは立ち会っていただけると助かります」

「そうしよう。私たちも心配だからね」

「はい。失礼します」

玄関を出て見送ってくれる凪咲と共に、隅に置いた自転車へ歩を進める。

凪咲の家までは、うちから自転車で十分くらいだ。

「ありがとう。お父さんに会わせてくれて。本当に助かったよ」

「当然よ。穂乃香、気をつけて帰ってね」

「うん。着いたらメッセージ入れる」

自転車のサドルを跨《また》いで、手を振ってから漕ぎ出した。

夜、ひとりであの家に過ごすのは寂しいし、家族を亡くしてひとり暮らしだと近所の人には知られているので、防犯面での不安もある。

やっぱりあの家から出よう。


翌日の三時過ぎ、祖母の家に向かった。日曜日なので今日はお休みのはずだ。

祖母に父の借金を相談しようとした。けれど、私の病気にかかった分もあるので、祖母は私を悪く言うかもしれない。そんな風に考えると、口に出せなかった。

おばあちゃんの家に来るまではちゃんと話そうと思っていたのに……。

「奈乃香、大学はどうだい？」

「うん。楽しいよ」

「そうかい、そうかい。楽しいのが一番だね。ほらお菓子を食べなさい。大奥様がくださったんだよ」

桜を象《かたど》った薄ピンクの上生菓子は、老舗和菓子店のもので食べるのがもったいなくなるほどだ。

「いただきます」

入れてくれたお茶をひと口飲んでから、上生菓子をプラスチックの黒文字で小さめに切って食べる。中に上品なこし餡《あん》が入っており、絶妙に甘味がおさえられた美味しい上生菓子だ。

「……おばあちゃん、海外にいる家主さんに連絡がついたら、あの家から引っ越そうと思っているの」

「おや、引っ越しを？」

「うん。ひとりで住むには広すぎるし、家賃も高いから」

千代田《ちよだ》区にある大学まで電車で二十分ほどと交通の便がいいが、通学時間が一時間くらいなら通えると思う。そうすれば家賃も抑えられるはず。

「近いところにお前がいないのは寂しいねぇ。そうだ、ここに住めばいいよ」

その答えは用意しておいたので、慌てることなく口にできる。

「ありがとう。おばあちゃん。でも、自立するためにひとり暮らしをするって決めたの。おばあちゃんはずっとひとり暮らしだったし、私はこれから大学とアルバイトで時間も不規則になるから、一緒に暮らすのは神経を使うと思うの」

「奈乃香、大人になったねぇ。寂しいが頻繁に会いに来てくれるかい？」

「もちろんよ。おばあちゃんも体に気をつけてね。何かあったらすぐに連絡して」

納得してくれたことに安堵する。

祖母には自分が穂乃香なのだとわかってもらうのは諦めている。一緒に暮らせば家族の話題も出るだろう。そのときに、もしかしたら私のことを悪く言うかもしれない。もう祖母の口から、つらい本心を聞きたくなかった。


四月の下旬、海外にいる家主に連絡がつき、事情を話して引っ越しすることになった。生命保険会社からも入金され、四千万円を工面することができた。借金の残りは二千万円で、それは社会人になってから少しずつ返済してくれればいいと、西村さんへの返済時、弁護士の立ち会いのもとに話がついた。

新しい住まいは、通学が一時間以内であれば大丈夫だろうと捜していたが、台東区《たいとう》の築十年のワンルームマンションで、管理費込みで六万円の物件を見つけた。アルバイトの時給は都心の方が高いし、通学にも天候が悪くなければ自転車で通学できるのを踏まえて次の居住先を決めたのだ。

五月のゴールデンウィーク中、家財道具を整理して引っ越しをした。

引っ越し先は狭いワンルームなので、父母や奈乃香の思い出の品や大事にしていた物はレンタルボックスを借りて保管することにした。

いつか処分する気持ちになれるのかな……。

新しい部屋には三人の思い出の品を持って来ている。父と母の思い出の品はいくつかあるが、クリスマスの日に私がプレゼントをしたマフラーと手袋を手放せずに持ってきた。そのふたつは、今ではどす黒い血のあとになっているが、出かけるとき身につけてくれた父と母の笑顔が忘れられない。

奈乃香の思い出の品は、七歳の初めての手術後にクレヨンで私たちを描いた絵にした。その絵には【びょうきにまけないで、がんばってね。なのか】とあって、それを見るたびに涙が出てくるし、頑張る気力を取り戻せる。

当座の生活には両親の預貯金の三百万円ほどを残し、西村さんへの返済には充てずに必要なときに使い、なるべく大事に、今後の保険として取っておく。

生活費と家賃はアルバイトでやりくりをするつもりで、どうしても無理な場合のみ貯金を崩させてもらおうと決めた。

学校とアルバイトで忙しい毎日だったけれど、ほぼ毎日、凪咲とは顔を合わせ、時々うちに来てもらって手料理を振る舞う生活で充実していた。

ひと月に一度は祖母の顔を見に行く日常のルーティンだった。

ほぼ休む時間のない私を凪咲は心配してくれているが、カフェの販売店員や居酒屋の厨房のアルバイトに慣れてくると、それほど体調に影響はない。

私が目指している管理栄養士は、赤ちゃんからお年寄り、病人など様々な人たちに、高度な栄養指導を行っていく仕事で、生活スタイルに応じた食生活指導や食教育、多様な分野での食事管理を実践する専門家になる。

一年次では基礎を学び、二年次では調理学実習や食品学の実験、三年次では栄養教育などの授業に加え、臨地実習も行い、病院実習で問診や測定、栄養指導などを実践的に学んだ。

四年次になると、卒業論文や卒業演習、管理栄養士の国家試験に備えての勉強でふたつのアルバイトの時間が取れなくなり、居酒屋の厨房だけになった。

そして、国家試験の発表の日、わが大学は五十人が受けて四十六人が受かり、去年よりも合格率が上がったとのことで、教授たちは喜んでくれた。

四十六人の中に私も含まれており、無事に管理栄養士になって、お茶《ちゃ》の水《みず》にある大学病院の管理栄養士職に就くことになり、凪咲も幼稚園教諭一種免許状を取得して、本人が卒業した麻布《あざぶ》の私立幼稚園に就職した。

三、借金返済に明け暮れる日々

三年後。

二十五歳の私は、お茶《ちゃ》の水《みず》にある東和《とうわ》医科大学病院の給食部門で働いていた。ここでの管理栄養士の仕事を大きく分けると二部門に分かれており、もうひとつは臨床部門になる。給食部門の業務は献立作成、発注・調理・食札作成・行事食準備などが主な仕事で、臨床部門は栄養管理計画書の作成や外来や入院患者の栄養指導だ。

病床数によって管理栄養士を置かなければならないが、大学病院なのでかなりの人数の管理栄養士がいる。

給食部門はやることが山ほどあり重労働だが、私は献立をたてるのも料理を作るのも好きなので、やりがいのある仕事で楽しんでいるが、ほとんどの職員は臨床部門を希望する。

勤務形態は給食部門には調理を担当する準社員やパートが早番・遅番でおり、管理栄養士は九時から十七時までになっている。

両親と姉、奈乃香《なのか》の死後、月日が経つのはとても早かった。あの悲惨なクリスマスの日から八年が経とうとしている。

毎年その日を迎えることは今もまだつらいし、もうすぐ命日が来ると思うと体調を崩してしまう。

十二月になって、今年こそは大丈夫！ と自分に言い聞かせて、仕事に従事していた。

第一週の土曜日、仕事が終わってから電車に乗って有楽町《ゆうらくちょう》駅へ向かう。凪咲《なぎさ》と十八時に中央改札口で待ち合わせをしている。久しぶりに食事をする約束だ。

普段は化粧っ気のない生活を送っているが、今日は更衣室で軽くメイクをして、ブラウンのAラインワンピースの上に黒のコートを着て、三センチのブーティーを履いている。髪は以前と長さは変わらず、まとめやすい肩甲骨あたりで揃《そろ》えている。

土曜日なのでショッピングや食事をしに来た人々、ホームに向かう人々でごった返している中、私は中央改札口に急いでいた。

階段を下りている最中、息苦しさを覚えたが気にせずに向かう。

疲れがたまってきているのはわかっている。副業ができない分、残業をかって出ている。西村《にしむら》さんに借金をなるべく早く返したいから。

事故後に凪咲のパパの会社の、弁護士の立ち会いのもとに返済して、あのときは残り二千万だった。

社会へ出て三年、返済できたのは二百万。生活を切り詰めてボーナスは丸ごと貯めて一年に一度返済していた。

大学時代はアルバイトをしていたが、生活するのに精いっぱいで返済できなかった。社会人になった今は安定した収入はあるものの、奨学金制度を利用していたので、そちらの返済もあって、なかなかお金が貯《た》まらない。

とりあえず冬のボーナスもあり、来週渡しに行く予定だ。振り込みにしないのは、返済を待っていてくれる感謝の気持ちを伝えたいからだ。

この二年間、年に一度、西村さんの日本橋《にほんばし》にある会社へ赴《おもむ》いていた。

階段を下りたところで、改札の外で待っている凪咲を認めて彼女に近づく。

「凪咲、お待たせ。寒かったでしょう」

「お疲れ様、穂乃香《ほのか》。二、三分しか待っていないけれど、さすが十二月ね！　寒いっ」

凪咲はピンクグレージュのコートを着ていたが、寒そうにブルッと体を震わせる。

中央改札口を出たところで、その先にある商業施設にはすでにクリスマスのオブジェやオーナメントが飾られ、華やかな雰囲気《ふんいき》になっている。

しかし、クリスマスは嫌な記憶を呼び覚ますもので、私はそれを見ないようにして歩き始めた。凪咲も口にこそ出さないが、黙って足早に銀座《ぎんざ》方面へ足を運んだ。

予約をしていた串揚げのお店に到着して、カウンターに案内される。目の前で揚げてくれるので、新鮮な食材を使った串揚げが熱々で食べられる。

「美味しそう」

十本選べるコースにして、運ばれてきたお茶をひと口飲んだ。

「仕事は順調?」

「え? もちろんよ」

凪咲に顔を覗《のぞ》き込まれて、キョトンとなる。

「疲れている顔をしているわ。毎年この時期は体調を崩しているし、体調はどう?」

「十二月におかしくなるのは精神的な部分も大きいから……だから大丈夫よ。もう八年になるんだもの。今年は平気な気がするの」

親友を安心させようと、にっこり笑みを浮かべる。

「平気な気がするって……無理しないでね」

「ありがとう。私を心から心配してくれるのは凪咲しかいないわ」

ずっと親身になって力になってくれる彼女に心の中でも感謝していると、目の前に一本の揚げられたアスパラガスがお皿の上に置かれた。

「お待たせいたしました。塩で食べるのがお勧めです」

カウンター中の若い板前さんにアドバイスされて、私たちは塩にチョンとアスパラガスの先をつけて口にした。

「んっ、美味しいです」

私たちの反応に、板前さんは「ありがとうございます」と破顔した。

エビやキス、かぼちゃやレンコンなどの串揚げが、次々とタイミングよく出てくる。

「ねえ、彼……神田《かんだ》さんだっけ？　彼のことを話して」

凪咲は一カ月前、幼稚園に通う園児の叔父にあたる独身男性が、姉の代わりに迎えに来たところを双方がひとめ惚れして、お付き合いをすることになった。

「うん。神田遼一《りょういち》さんよ」

交際を始めてまだ一カ月なので、凪咲からの情報は園児の叔父と付き合うことになったと、メッセージをもらっていただけだ。

彼女は店内の温かさではない、恥ずかしそうに頬を染めて口を開く。

「年齢は二十七歳で、幼稚園から歩いて十分ほどのところにある、お父様が経営している不動産屋で働いているの」

「だからお姉さんの代わりに迎えに行けたのね」

「めちゃくちゃカッコイイわけではないけれど、穏やかな人で、一緒にいると楽しいんだ」

「うらやましいな。一緒にいて楽しいのが一番よね。写真は？」

そう言うと、凪咲は照れたようにコクッと頷《うなず》いて、スマートフォンをバッグから取り出すと、ドライブへ行ったときに撮ったという写真を見せてくれた。

「爽《さわ》やか！　いいな～。なんか初々《ういうい》しい」

「初々しいって、仕方ないの。初めてのデートなんだもん」

凪咲も大学時代、勉強ばかりで私同様、合コンにも行ったことがないので、神田さんが初めての彼氏になる。

「これからクリスマス——穂乃香、ごめん」

凪咲は口にして、ハッと言葉を止める。

「謝る必要なんてないよ。もうだいぶ経つんだし、クリスマスは毎年やって来る。いい加減吹っ切らないとね」

「穂乃香……」

「もー、そんな顔をしないで。恋人ができた凪咲がうらやましいだけよ。私にも彼氏がいたら、絶対にクリスマスやお正月、イベントごとに食事をしたりお出かけしたりしたいもの」

私の場合、借金があるから恋人どころじゃなく諦めモードだが、一段落《いちだんらく》したら……私を大事にしてくれる人と出会って結婚できたらなと思っている。

「穂乃香は綺麗《きれい》だし、職場で医師や技師、男性看護師に声かけられそうなのに」

凪咲の言葉に目を瞠《みは》ってから、笑って首を左右に振る。

「仕事が忙しくて廊下にさえあまり出ないわ。いつも頭にキャップをかぶっているし、声なんて絶対にかけられないわね。臨床部門だったら先生と話す機会もあるけど」

「いくら料理をするのが好きだからって、臨床部門に異動願を出してみたら？　年一回希望を出せるんでしょ？」

「どうかな～人気があって、まったく空かないし」

「そっか……でも、無理しないでね？」

親身になってくれる凪咲だからこそ、心配をかけないよう笑顔で頷いた。

翌週の月曜日。

昼食時間になり、いつも持参しているお弁当を持って、職員食堂へ一年先輩の大原《おおはら》彩乃《あやの》さんと向かう。彼女はお弁当ではなく、毎日食堂で注文している。

食堂では医師や看護師、事務員や給食部門の職員たちが、楽しそうに談笑しながら食事をしている。

私たちも広い食堂の空いている四人掛けのテーブルに座った。

「午後は献立の作成をしなくちゃね」

かつ丼を前に、彩乃さんが思い出したように口にする。

「そうですね。いただきます」

お弁当の蓋《ふた》を開けてから両手を合わせる。

「いつもちゃんと作ってきて、ホント感心しちゃうわ」

「夕食を作りすぎちゃうので、それを詰めてくるだけですよ」

ひとり分を作るといつも多くなってしまうが、その方が美味しくできる。ちゃんと測って料理をするのは職場だけで十分だ。

そこへ私たちのテーブルに、えんじのスクラブを身につけた女性がやって来た。

彼女は天津飯《てんしんはん》ののったトレイを持っている。

「グッドタイミング！　お疲れ様です」

彼女は脳神経外科の看護師の三峰理香《みつみねりか》さん。彩乃さんと同い年で彼女の友人だ。いつも彩乃さんと一緒にいる私も、顔見知りになって色々話をするようになった。

「お疲れ様。ほら、ここ座って」

彩乃さんの挨拶《あいさつ》のあと私も声をかける。

「理香さん、お疲れ様です」

スレンダーな理香さんのえんじのスクラブ姿はかっこいい。髪の毛も襟足が覗《のぞ》くショートカットでボーイッシュな雰囲気だ。

彼女は彩乃さんの隣に腰を下ろす。

「穂乃香ちゃん、相変わらず美味しそうなお弁当ね。穂乃香ちゃんみたいな人がお嫁さんになったら旦那様は幸せよね」

「私も毎回そう思っている」

理香さんに同意して、彩乃さんが大きく頷く。ふたりに褒《ほ》められて、頬に熱が集まってくる。

「彼氏作ればいいのに。今度、研修医あたりと合コン企画しようか」

そう言ってから、理香さんは美味しそうに天津飯をパクッと食べる。

「それ、いいっ」

彩乃さんが親指を立てたとき、ふいに食堂の入り口の方が賑《にぎ》やかになった。

理香さんと同じえんじのスクラブ姿の五、六人の女性たちと、彼女たちよりも頭ひとつ以上抜きんでている白衣姿の男性がいる。他にも白衣の男性はいるが、女性たちは高身長の先生と話をしたいようだ。

その白衣の男性の姿を見て、ハッとした。

「あ～あ、綾瀬《あやせ》先生モテまくってるわ。イケメンが仏頂面《ぶっちょうづら》してても、彼女たちぜんぜん堪《こた》えないのに。でも、めずらしいわね。いつもは時間がないせいもあるんだけど、医局で家政婦さんの作ったお弁当を食べているのに」

やっぱり……おばあちゃんが家政婦をしているお屋敷の綾瀬冬貴《ふゆき》さんだ。この病院の医師だったの……？

半年前だったか、アメリカから戻ったと祖母が嬉《うれ》しそうに話していたのを思い出す。

「噂《うわさ》の綾瀬先生を実際に見るのは初めてだわ。なんなの？　あの顔面偏差値の高さは」

彩乃さんは、食い入るように綾瀬先生に視線を向けている。

「顔が良いだけじゃないわよ。アメリカで鍛《きた》えられた技術は教授も勝てないと言われているの。アメリカでは毎日手術していたから、三十代と若いけれど、日本の医師と比べると格段に経験が違うのよ。病院長も一目置いているって噂よ」

そんなすごい人だったんだ……。

一団が空いているテーブルに座ったのを見届け、私たちも食事を再開した。

水曜日、仕事を終わらせて急いで帰宅した。

大学病院から自宅までは三十分くらいで、クローゼットの奥にしまっていた箱を出し、そこに入っていた封筒を手にする。西村さんへの返済分百万円だ。

ショルダーバッグに封筒をしまい、きっちりファスナーを閉めてから部屋を出た。

日本橋にある会社へは、十九時過ぎに伺うと西村さんに伝えてある。

地下鉄を下りて大通りに面した雑居ビルの三階から五階までが西村さんの会社で、エレベーターに乗って五階のパネルを押した。

五階に到着してエレベーターを降りると小さなカウンターがあって、就業時には女性がいるが、もう十九時を過ぎているので誰もいない。

カウンターに置いてある内線電話で、社長室にかけようとしたところで、近くのドアが開き眼鏡をかけたスーツの男性が出てきた。

「どちら様ですか？」

三十代後半に見える男性はどことなく西村さんに似ている。

「西村社長とお約束をしている石田《いしだ》と申します」

「ああ、もしかして石田穂乃香さん？」

彼は思い出したような表情でうんうんと頷いた。

「はい。そうです」

「西村の息子の道人《みちひと》です。穂乃香さんがこんなに綺麗な女性だったなんて、びっくりだな。こちらへどうぞ」

息子さんは先に立って、奥にある社長室へ案内してくれる。

身長は百六十五センチくらいの中肉中背だ。黒縁眼鏡で真面目そうな人に見える。

社長室のドアを彼はノックもせずに開けた。

いくら息子さんでも、ノックをしないなんて……。

「父さん、穂乃香さんが来たよ」

まるで家にいるような言葉遣いに、戸惑ってしまう。

プレジデントデスクにいた西村さんは椅子《いす》から立ち上がって、私に笑いかける。

「穂乃香さん、元気でしたか？　掛けてください」

「ご無沙汰《ぶさた》しております。元気でなんとかやっています」

西村さんはブラウンの革のソファセットを勧め、私は三人掛けのソファに腰を下ろした。

息子さんは社長室から出て行かずに対面に座り、西村さんは斜め前のひとり掛けのソファに着座する。

西村さんとふたりだけではないので、これからお金を返すというのに居心地が悪い。しかも息子さんの視線をしきりに感じる。

「西村さん、いつもありがとうございます。これを……百万円です……少ないですが、来年はもう少し増やせるように頑張ります」

ショルダーバッグから百万円の入った封筒を出して、西村さんの前へ置く。

「穂乃香ちゃん、お疲れ様。若い子が毎年この金額を返済するのは大変だろう。君の生真面目さに感心しているよ」

西村さんの褒め言葉を素直に受け取り、小さく笑みを浮かべる。

「父から聞いているよ。約束を守って感心だよ」

息子さんにも褒められてしまい、「当然なので……」と言葉を濁《にご》す。

「今日は息子もいることだし、食事をご馳走させてくれないかね。まだだろう？」

「でも、ご迷惑では……」

「迷惑なら言わないよ。近所に美味しいフレンチの店があるんだ。若い子は料亭のご飯より洋食を好むんじゃないかなと思って予約をしている」

「予約まで……ありがとうございます」

「では行こうか。そうだ、領収証を書かなくては」

西村さんは立ち上がると、百万円の入った封筒を手にして中身を確認もせずにプレジデントデスクの引き出しの中に無造作に入れ、領収証を持って戻って来た。

西村さんの会社から五分ほどの、おしゃれな店構えのフレンチレストランで食事をしてから帰宅した。

西村さんは家族が亡くなったときに色々と手伝ってくれた人だけれど、借金の件もあるので一線を置いて話すようになってしまったし、ここのところは年に一度しか会っていなかった。そんな西村さんと初対面の息子さんとの三人での食事は、とても気疲れをしてしまった。

玄関から真っすぐ室内へ入ってベッドの端に腰を下ろす。

少し息切れをしていて、胸苦しさがある。胸に手を当てて深呼吸をした。

「……それにしても、息子さんの目つきが気になったわ」

食事中、ほとんど話をしていたのは西村さんで、息子さんはナイフとフォークを使って口に料理を運んでいる最中も私を見ていた。

あまりにあからさまだったから、ほとんど料理が喉を通らなかった。

息子さんの年は三十五歳で西村さんの会社の専務取締役、そして先月離婚したばかりだと言っていた。

年の割には話し方がちょっと子供っぽく感じたっけ。

ふぅ～と吐息をついて、ベッドから立ち上がりコートを脱ぐ。それから胸までの高さのチェストに近づいた。

チェストの上には小さな仏壇がある。

そこに西村さんからもらった領収書を置いて、両手を合わせる。

「お父さん、お母さん、奈乃香。今年も無事に返済できました。ちゃんと返していくから心配しないでね」

お父さんのことだから、私に申し訳なく思っているはず。

また来年の返済に向けて、頑張らなきゃね。


十二月中旬、西村さんから電話があった。話したいことがあるとのことで、お昼休みに病院に併設されているカフェで会うことになった。

話ってなんだろう……今年の分の返済は済ませたばかりなのに……。

気になるので電話中の会話で尋ねると「直接話したいんだよ」と言われてしまい、明日の水曜日十三時に待ち合わせをしたが、ただただ困惑するばかりだ。

もっとお金を返してほしいと言われたらどうしよう……。

約束の当日、お昼休みになると調理服を脱ぎ、頭につけていたキャップも取る。キャップをすっぽりかぶりたいため、髪の毛はいつも低い位置でお団子にしている。

ロッカーの内扉の鏡を見ながら前髪を手櫛で整えていると、彩乃さんが近づいてきた。

「あら？　お弁当持ってこなかったの？」

「七階のカフェで知り合いに会う約束をしていて。戻ったら食べるので先に食事していてください」

「お昼休みに会うなんて初めてじゃない？」

私の浮かない様子に、彩乃さんが気にしてくれているのがわかる。

ロッカーをパタンと閉じて、彼女に笑みを浮かべる。

「父の親しかった友人なんです。すぐ戻ってきますね」

「はい。いってらっしゃい」

私の表情につられたように、彩乃さんは笑って送り出してくれた。

別館から本館へ移動して、エレベーターで七階のカフェへ向かう。

到着してカフェの入り口に立ち、西村さんを捜す。西村さんは先に来ていて、大きな窓に面した四人掛けのテーブルから、入り口に立った私に軽く手を上げた。

「お待たせしてすみません。先日はごちそうさまでした」

「いや、私も来たばかりだよ。どうぞ掛けて」

いつものように西村さんはスーツを着ている。平日なので仕事を抜け出して来たのだろう。勧められるままに、彼の対面の椅子に腰を下ろす。

「穂乃香ちゃん、お昼休みだと言っていたね？　何か注文して食べなさい」

「いいえ。お弁当を食べてきましたので」

まだ食事をしていないが、西村さんの話を聞いてからじゃないと食欲が湧かない。

「では、飲み物を」

西村さんは、近くにいたカフェのスタッフを手を上げて呼んだ。

「私はコーヒーを。穂乃香ちゃんは？」

「私もコーヒーでお願いします」

オーダーを受けたスタッフが立ち去る。

「西村さん、お話というのは……？」

「実は、道人が穂乃香ちゃんを気に入ってね。息子の嫁になってもらいたい」

断言する物言いに、あぜんとなった。

「と、突然そんなことを言われても困ります」

「道人は再婚になるが、離婚の理由は妻側にあってね。穂乃香ちゃんを絶対に幸せにすると確信している」

どこからの自信なのか……。離婚の理由は知らないけれど、双方に原因があるのではないだろうか。

「申し訳ありません。私は結婚する気はありません」

いつかは結婚したいと思ってはいるが、するのならば心臓のこともあって出産にリスクがあるので、それを理解してくれる人だ。

それと、私が好きになった人。

「道人と結婚すれば借金もなくなるんだよ？　これから苦労しなくても済むんだ」

西村さんは息子さんにかなり甘い父親のようだ。

「お借りしているお金は必ずお返しします」

そこへコーヒーが運ばれてきた。

スタッフがコーヒーをテーブルに置いて去ると、すぐに西村さんは口を開く。

「穂乃香ちゃん、道人が気に入らないとでもいうのかね？」

「気に入らないとかではなく、一度しか会ったことのない方と結婚なんて考えられないだけです」

「それなら何度も会えば結婚をするのかね。道人は穂乃香ちゃんにひとめ惚れをしたんだよ。頻繁に会ったら結婚すると考えていいんだね？」

私の言い方が甘いのか、丁寧に断っているつもりなのに察してくれない。

「……借金をなくしていただいても、結婚しません」

「では、早急に全額を返してもらいたい。穂乃香ちゃんにわが家の嫁になってもらいたい気持ちの方が大きいがね。先日投資で二千万円ほど損をしたんだよ。君が道人と結婚をしないのなら、すぐに金を返してくれ」

「ええっ⁉　西村さん、そんなことできるわけないとわかっているのに」

西村さんは豹変《ひょうへん》したように引きつった顔で私を見遣《みや》る。

「私は息子を溺愛している。道人の思いどおりにさせてやりたいと思う。穂乃香ちゃんを妻にしたいと言うのなら、それを叶《かな》えてあげたい。卑怯《ひきょう》なのはわかっているが、君に結婚を了承させるにはそれしかない」

親バカすぎてぐうの音も出ない。しかし、すぐに借金を全額返してほしいと言われて、嫌な汗が出てくる。

「まあ、穂乃香ちゃんの返事は想像できていたがね。選択肢を出すから選ぶといい」

「せ、選択肢？」

何を言われるのかが怖くて、心臓が痛くなるくらい締めつけられた。

「息子と結婚するか、借金返済のために私が決めたクラブのホステスになるか。どうするかね？」

結婚なんてできない。かといって、ホステスに……？

「ホステスになれば、千七百万など穂乃香ちゃんの容姿ならすぐに返せる」

息子さんと結婚しなくて済む方法を自ら出すなんて、何かおかしい……。水商売がどんな世界なのかもわからなくて、即座に決めることはできない。

「考えさせてください」

「明日返事をもらおう。今夜よく考えれば、息子と結婚した方が幸せになるとわかるだろう。では、返事を待っているよ」

西村さんは椅子から腰を上げて、コーヒーの伝票を手にし、その場を離れた。

「っ……」

心臓がズキンと跳ねるように痛み、目を閉じて手で押さえる。

息子さんの私を見る目を思い出す。

そうだ。狙った獲物を追うハンターのような目をしていた。

どうして……私なの？　結婚なんて絶対に嫌。

茫然自失の状態で更衣室に戻ったが、休憩時間が終わるまであと十分しかなかった。

昼食を食べていないが、たった今の出来事で食欲は失われてしまった。

調理服とキャップを身につけて厨房へ向かった。


「誰がやったの!?」

夕食の作業中に栄養科長の声があたりに響き渡った。

「ここの担当は誰なの？　塩分が高すぎるわ！」

その並びでリンゴを切っていた私はハッとなる。

主任が激怒しているのは、私が担当した白身魚にかけるあんかけの鍋だ。

まな板の上に持っていた包丁とリンゴを置いて、慌てて栄養科長に近づく。

「申し訳ありません。私の担当です。すぐに作り直します！」

「石田さんだったの？　こんなミスしたことがないのに」

栄養科長は私を見て怒気を弱める。

「どうかしたの？　顔色が悪いみたいだけど」

「何もありません。本当に申し訳ありませんでした」

深く頭を下げて、鍋を掴《つか》もうとして熱さに手を離す。

「あつ……っ！」

「石田さん、やっぱり今日のあなたはおかしいわ。私がやるから早退しなさい」

「でも、それはできません。やらせてください」

火傷《やけど》しそうになった手をギュッと握り、お願いをする。

「またミスをしたら時間がなくなるの。まだあんかけだけだったからいいけれど、具材も入っているものだったら、全部破棄をしなくてはならないのよ？　あなたのことだから十分わかっていると思うけれど」

「本当に申し訳ありません。洗い場の方に回ります」

「わかったわ」

栄養科長は私が洗い場へ行くのを認めて、あんかけを近くにいた彩乃さんと作り始めた。

就業時間が終了し、ぞろぞろと更衣室へみんなが向かう。

私は前を歩く彩乃さんを見つけて駆け寄る。

「彩乃さん、先ほどはすみません。ご迷惑をおかけしました」

「それくらい謝らなくてもいいの。でも栄養科長も言っていたけれど、石田さんらしくないミスよね。いつになく疲れきった顔をしているわ。どうかしたの？」

「単純なミスで本当に恥ずかしいです。疲れきった顔だなんて、だめですね」

問いかけには応えず顔をぴしゃぴしゃ叩《たた》いてみせると、彩乃さんは苦笑いを浮かべる。

「石田さんは疲れている顔でも綺麗だから、そんなことをしなくても大丈夫よ」

話しながら歩いているうちに、更衣室のロッカーの前に到着した。

「でもね？　何か困ったことがあったら、私では頼りにならないかもしれないけど、話し相手にはなるからね。ひとりで抱え込まないで」

「彩乃さん……」

私には凪咲や親身になってくれる彩乃さんのような人がいて幸せだ。

相談したい気持ちに駆られるが、まだ頭の中が整理できていなくて言葉にできない。

「ありがとうございます。明日はミスしないように今日は早く寝ますね。お疲れ様でした」

「それがいいわ。お疲れ様」

彩乃さんは笑顔で頷き、奥の自分のロッカーへ歩を進めた。

大学病院の職員出口から駅に向かい電車を待つ間も、西村さんに突きつけられた無謀な言葉をずっと考えている。

その件を考えていたから、あんな凡ミスをしてしまったのだ。

真冬の寒さを感じないほど思案しながら帰宅した。

絶対に結婚なんて嫌。そうなると、ホステスをしてなるべく早くお金を返すことになる。でも、素人《しろうと》の私がホステスなんてやれるの？　気の利いた会話もできないし、お酒のことにも疎《うと》い私だ。ホステスってそんなに高額なお金をもらえるの？

弁護士に相談した方がいいのかもしれない。

けれど、明日には返事をしなくてはならない。そんな時間は作れないだろう。それに以前、弁護士さんが説明してくれていたが、借用証書には貸主からの要求のときには速《すみ》やかに返金する旨が書かれてあると。それが父と西村さんの契約だったようだ。

四千万を返金した際、西村さんは返済できる範囲でかまわないからねと言っていたのに……。

私がホステスを選ばないと思っての提案なのかもしれない。息子と結婚すれば借金もなくなるのだから当然だと。

私の胸には大きな手術痕があるし、子供は望めないかもしれないと正直に話せば結婚は諦めてもらえる？

先日食事をしたときに息子さんの名刺をもらっている。明日、直接彼と……道人さんと話をしよう。

気持ちはまだ落ち着かなくて、このまま仕事をしてもまたミスをしてしまいそうだ。明日は体調不良を理由に有給休暇を取ることにした。


八時にかけたアラームが鳴るのが聞こえてきたが、なかなか目が開かない。ずっと考え込んで眠ったのが明け方だった。

職場に連絡を入れなければならないので、眠ってはいられない。

重くて仕方ない瞼《まぶた》を開けないまま、目覚まし時計のスイッチを手探りで切ってから、大きく息を吐《は》いて上体を起こした。

一度目を覚ましたら、西村さんの件が気になって仕方がない。顔を洗って歯を磨き、暖かい黒のプルオーバーとジーンズに着替えた。

大学病院へ連絡を入れて、小さな鍋に冷凍保存していたひとり分のご飯と梅干を入れて煮立たせる。

味付けは顆粒だしと塩昆布を少し入れて食べるのが胃に優しくて好きな朝食だ。

食べている最中に洗濯機を回した。

窓から見える空は私の心とは裏腹にスッキリと晴れていて、たまった洗濯物を干せるチャンスだ。

九時を待って西村さんの会社の代表電話に電話をかける。

名刺には道人さんのスマートフォンの番号が載っていたが、距離を置くためにあえて代表電話にしたのだ。

名前を名乗ると、アポイントメントうんぬんは言われずに電話を取り次いでくれるようだ。それほど大きな会社ではないからだろう。

《穂乃香ちゃん?》

一分ほど待って、道人さんの声が聞こえてきた。

「はい。石田です。お会いして話したいことがあるのですが」

《いいよ。何時がいいかな？　これからでも大丈夫だよ》

年上だが、馴れ馴れしい口調にやはり好きになれない人だ。それに、これからでもいいよって、スケジュール調整などないのだろうか。

でも、私にとってはその方がありがたい。

「では、一時間後に御社近くのコーヒーショップの待ち合わせでいいですか?」

《OK。十時にね。じゃあ、あとでね》

気楽な物言いで電話は切れた。チャラチャラと浮ついた様子が見受けられ、もしかしたら専務取締役とは名ばかりなのではないだろうかと推測してしまう。

日本橋までは三十分もかからないので、洗濯物を丁寧に干した。

出かける支度と言っても、さらに気に入られても困るのでメイクはせずに、着ている服の上から紺のチェスターコートを羽織り、茶のマフラーを首に巻いて玄関を出た。

先日会ったときもおしゃれな服装ではなかったが、髪を後ろでひとつに黒ゴムで結んでいる今日の私は、かなり野暮ったく見えるだろう。


約束の時間の五分前にコーヒーショップに到着すると、すでに道人さんはいて、テーブルにドリンクカップがひとつ置かれていた。

私の姿に彼は気づいて手を振った。その姿が先日のカフェでの西村さんとかぶる。

道人さんは立ち上がって入り口近くにいる私のところへやって来た。

「なに飲む？」

「カフェラテにします」

バッグからお財布を取り出す。

「それくらいおごらせてよ。さっきの席で待ってて」

肩を軽く押される。その瞬間、ぞくりと背筋に寒気が走った。

男性の馴れ馴れしい態度は慣れていないので、当惑する。

言われたとおりに彼が座っていたテーブルへ向かい、コートを脱ぎ椅子に腰を下ろす。四人掛けのテーブルは端にあり、午前中の早い時間なので店内には五人ほどのスーツを着た男性しかおらず、彼らは全員目の前のパソコンを操作している。

「穂乃香ちゃん、お待たせ～」

道人さんは私の前にドリンクカップを置いて、目の前にドカッと座った。

「で、俺と結婚するって？」

「そうじゃありません。率直に言います。私は心臓病で七歳の頃から数回手術をしています。胸に手術の痕がありますし、結婚しても子供は産めません」

実際は違う。出産するにはリスクはあるが、産めないわけではない。しかし、この際大げさに言った方が諦めてもらえると思う。

「へぇ、手術の痕か。見てみたいな。君の綺麗な体にそんな傷があるとは。そそられるな」

一瞬、聞き間違えかと耳を疑った。でも、彼は口角を上げ視線は私の胸のあたりを見ている。

いやらしい視線、気持ち悪い……。

「俺はガキには興味ないから。子供なんていいよ」

「え？」

彼は怖気《おじけ》づくと思ったのに、まったく気になっていない。

「手術したなら治ったんだろ？　俺は穂乃香ちゃんとセックスできれば、かまわない」

露骨《ろこつ》な言葉にあぜんとなった。

彼はテーブルに肘をついて私の方へ身を乗り出して笑みを浮かべる。

「……そ、それが治っていませ——」

道人さんは遮《さえぎ》るように笑って、口を開く。

「嘘《うそ》を吐《つ》いても無駄だから。親父は君の父親から、病気は治っていると聞いているし」

「それでも、私はあなたとは結婚できません」

「じゃあ、ホステスで返すしかないか。わざわざ苦労しなくてもいいのに」

彼はニヤニヤ笑っている。

その目つきが気持ち悪くて、椅子から立ち上がりコートを持つ。

「失礼します」

彼が何かをしゃべっていたが、無視して逃げるようにコーヒーショップを出た。

急ぎ足で地下鉄に向かう途中、追われている人のように何度も背後を振り返る。

彼の姿はなく、地下鉄へ行く階段を下りてホッと息を吐く。

あの人、おかしい……。

絶対に結婚なんてできない。

そう強く思い、ホステスになって一刻も早く、借金を全額返済するのが最善策だと自分に言い聞かせた。

うちの職場は副業を許可していない。管理栄養士の仕事をしながら、夜にホステスとして働くのは冷や汗ものだ。けれど、管理栄養士は辞めたくない。

問題は私の体力が持つかどうかだ。ホステスのお給料がどれだけのものなのかは未知である。

帰宅して休む間もなく西村さんに電話をかける。

会社の直通電話でなくスマートフォンの番号なのだが、すぐに西村さんは出た。

私からの電話を待っていたのかもしれない。

《穂乃香ちゃん、気持ちは固まったかね？》

息子から私が会いに行ったことを聞いているかもしれない。

「私は息子さんとは結婚しません」

《……そうか、残念だ。ではホステスで金を稼いでもらおうか》

「はい」

きっぱりと口にする。

早急に返済をと迫るのは、息子の嫁にならないと言われたことへの意地悪だろう。あの日に返済しに行った自分のせいだ。

別の日だったら……と思うと後悔しかない。

《ではさっそく、知り合いの銀座のクラブに君を紹介しよう。銀座の〝かれん〟という会員制高級クラブだ》

「わかりました」

店名の〝かれん〟を頭にインプットする。

《あとでクラブのママから連絡が入るはずだ》

「はい」

通話が切れる。

「はぁ……」

私の口からは重いため息しか出ない。

スマートフォンを持ったままベッドに横になる。

体が重い……。

考えることは山積みなのに、寝不足気味なせいか瞼を閉じていた。

いつの間にか眠ってしまい、スマートフォンの鳴る音で意識が浮上する。

画面には見知らぬ番号だ。西村さんが話していたクラブのママかもしれないと、慌てて通話をタップした。

「もしもし？」

《石田穂乃香さん？　かれんのママの古越《ふるこし》カレンです》

少し掠《かす》れた女性の声が聞こえてきた。声からは年齢はうかがい知ることができない。

「はい。石田穂乃香は私です」

《西村様が美しい娘さんだとおっしゃっていたので、嬉《うれ》しいわ。今の時季、目が回るくらい忙しいのよ。今夜から来られるかしら？》

「今夜……お伺いします。古越さん、ホステスのような接客業は初めてなんですが、私で務まるかどうか……」
《わたしのことはカレンママと呼んでね。形式ばった履歴書ではなくていいから持ってきて》
「わかりました。カレンママ」
《うちに来てくださるお客様は一流企業の会社社長や芸能関係が多くて、とてもリッチな方々なの。それに見合う子じゃないとフロアに出せないのもたしかよ。今夜、見させてもらうわ。身長とスリーサイズを教えて。ドレスを見繕わなければね。あ、あと足のサイズを》
「身長は一六三センチ、上から八十三・六十・八十一です。足のサイズは二十四センチです。あの、胸に手術の痕があって、デコルテの開いたドレスなどはお客様を不快にさせてしまうかと思います」
《あら、そうなの。でもお衣装は色々あるから問題ないわ。うちは下品なお店じゃないしね。じゃあ今夜待っているわ》
通話が終わり、緊張していた体が弛緩する。
カレンママに嫌な感じは受けなかった。こうなったらやるしか道はないのだ。

どうせ着替えるのだからと、午前中に西村さんの息子さんと会った格好のままで銀座へ向かった。

ウェブサイトで高級クラブ〝かれん〟を調べたら、会員制高級クラブでカレンママの言ったとおりクラブとしては老舗で格式高いようだ。店内の写真もあって、室内は高級ホテルのラウンジバーのような落ち着いたブラウン系でまとめられていた。所在地は銀座四丁目の大通りから一本外れた大きなビルの五階にある。

地下鉄に乗って銀座駅まで行き、地上へ出る。

銀座の大通りでは、いたるところにクリスマスのディスプレイがされている。仕事帰りのOLやショッピングを楽しむ男女、十九時過ぎだが、まだまだ夜の銀座は賑やかだ。

身を縮こまらせて歩かなくてはならないほど寒くても、クリスマスが近いから気持ちも浮き立つのだろう。

ふいに足が止まる。大きなショーウインドーのディスプレイには、私が父にあげたマフラーと似ているものが飾ってあったのだ。

その場で金縛りにあったように立ちすくむ。

心臓がバクバクしてきて呼吸が乱れた。

は……離れなきゃ。

大きく深呼吸をして、右手を胸に当てて歩き始める。

出かけるときの両親の顔を思い出して目頭が熱くなったが、泣いている場合じゃないのだ。

意気消沈する気持ちを、腹を立てている西村さん親子に向けて涙を堪え、目的の場所を探した。

五分ほど歩いて目当ての濃いグレーのビルを見つけた。

ここ……？

ガラス扉の向こうはエレベーターホールになっており、エレベーター横の金色のフロアパネルに会員制高級クラブ〝かれん〟があった。

クラブのような場所には行ったことはないが、ぎらぎらの看板のイメージがある。しかし、会員制高級クラブというだけあって、シックなブラウンのドアは隠れ家のように感じられた。

ここまで来たらやるしかない。

心を決めてブラウンのドアを開けた。

まだオープン前のようで、黒服に身を包んだ四十代くらいの男性が近づいてきた。

「石田穂乃香と言います」

「聞いております。こちらへ」

黒服の男性は入り口から左手のドアをノックする。

「どうぞ」

中から電話で聞いた女性の声が聞こえた。

「ママ、石田さんがいらっしゃいました」

ドアを開けて黒服の男性は一言告げ、私を中へ進ませた。

背後でドアが閉まる。

白革のソファセットに座っていたすみれ色の着物姿の女性が立ち上がった。

細身で黒髪をシニヨンに結い、三十代くらいだろうか、目鼻立ちのはっきりした美人だ。外国の血が入っているような整った顔をしている。

「石田穂乃香です」

コートを脱いで頭を下げる。

「いらっしゃい。まあ……器量よしだわね。着飾ったらもっと綺麗になるわ。ここに座りなさい」

「失礼します」

カレンママも先ほどの場所に着座し、私は彼女の対面に腰を下ろした。

バッグから便せんに書いた履歴書をカレンママに差し出す。

カレンママはそれを見ながら口を開く。

「西村様に借金があるとか」

「亡くなった父が西村さんに借りていて返済中でした」

「そうだったの。ここではお客様になりますから、西村様とおっしゃいなさい」

「わかりました」

カレンママはテーブルの上の用紙を私に渡す。

「時間は八時から午前一時まで。同伴なら出勤時刻は問わないわ。それとアフターも」

「ど、同伴？　アフター？」

私にはわからない用語ばかりだ。

「同伴はお客様と出勤前に食事をしてお店に出ること、アフターは営業終了後にお客様とお食事に行くことよ。パソコンはあるわよね？　用語は調べれば出てくるから、お勉強しなさい」

「はい」

「愛嬌がない子はお席に呼ばれませんからね。笑顔が大切よ」

笑顔か……できるかな。

相手は見知らぬ大企業などの男性だ。

「日給は三万よ。人気が出ればもっと稼げるわ」

さ、三万円!?

耳を疑うが、カレンママが私に渡した書類に書かれているので本当のようだ。

週五日働いて十五万円……そんな計算をしてしまい、吹っ切って仕事をすれば借金もかなり早く返せる。

「じゃあ、お衣装を見繕いましょう。こちらにいらっしゃい」

カレンママは入ってきたドアとは違う奥のドアを開けた。

「私の若い頃のお衣装を貸してあげるわ」

その部屋には、ドレスが数えきれないほどかけられてあった。

「お借りしていいのでしょうか……?」

「ええ。私のサイズでぴったりだと思うの。他の子たちにも貸しているから。いちおうホルターネックのドレスを三着選んだわ。今日がデビューだから華々しい姿にしたいわね」

カレンママが選んでくれていたホルターネックのドレスは、膝上丈や膝小僧が隠れる丈、ミモレ丈とある。

即座にミモレ丈のドレスを選ぶ。光沢のあるシャンパンピンクで首の後ろでリボンに結ぶ仕様になっている。

明るい服なんて高校生以来だ。あれからどうしても暗めの色ばかりになっていた。

「パンプスだけど、私も二十四センチだからちょうどいいはずよ」

カレンママは、棚に並んでいるおしゃれなパンプスからシルバーのストラップのあるものを選んだ。

「じゃあ、着替えて」

衣装部屋からカレンママは出て行き、決心して着替え始めた。

この部屋には等身大の鏡もあって、シャンパンピンクのミモレ丈のドレス姿の自分が恥ずかしい。

しかし、ずっとここにいるわけにはいかないので、おそるおそる衣装部屋を出た。

カレンママはスマートフォンでにこやかに話をしていたが、最後に「ぜひいらしてくださいね。お待ちしております」としめて通話を切った。

「清純派ね。色白だし、接客を学べばナンバーワンにもなれるわよ。じゃあ、控え室でメイクとヘアを直しましょう。お店の子たちを紹介するわ」

西村さんの紹介なので心配もあったが、カレンママは面倒見のいい人のようだ。

「はい。ありがとうございます」

カレンママのあとについて行き、フロアを横切って【STAFF ONLY】のプレートがかかったドアを開けた。

そこはまるで花畑のようないい香りがし、才色兼備の女性たちが十人ほどいた。

カレンママの姿に、ソファに座って談笑していた女性たちがいっせいに立ち上がる。

「石田穂乃香さんよ。西村様の紹介で彼女はこの仕事が初めてなの。色々教えてあげてくださいね」

紹介をし、ホステスたちは上品に微笑《ほほえ》みを浮かべてしっとりと頭を下げる。

「石田穂乃香です。どうぞよろしくお願いいたします」

「カレンママ、彼女の源氏名《げんじな》は？」

一層華やかなワインレッドのロングドレスを着た女性が尋ねる。

「そうねぇ、源氏名をつけなければね。凛《りん》さんにしましょう。お名刺も急いで作らせなければね。今日は咲《さき》さんのヘルプについてもらうわ。咲さん、よろしくね」

彼女が咲さんのようだ。

カレンママは彼女に私の髪とメイクを頼んで、部屋から出て行った。

「じゃあ、そこに座って」

壁に沿って美容室みたいなシンプルなドレッサーを示されて椅子に座ると、咲さんが手早く私の髪を緩くアップにしてくれた。メイクも驚くほど素早く施す。

出来上がった私は普段とは違う別人の姿になっていた。

「凛さん、とても綺麗だわ」

「咲さんのメイクのおかげです。早くてびっくりしました」

「数年前、化粧品会社の美容部員をしていたのよ。あ、ちょっと待って。緊張している？　顔色が少し悪そうに見えるわ。頬に赤みを入れましょう」

咲さんはブラシでピンク色のチークを私の頬骨のあたりに薄く塗る。

気づけばホステスの控え室には、私と咲さんを除いて、ふたりしか残っていない。

それから咲さんはヘルプとしての役目のお酒の作り方をざっと教えてくれた。

「咲さん、ご指名です。凛さん、お願いします」

ドアノックのあと、黒服の男性が顔を覗《のぞ》かせる。

「凛さん、行きましょう」

咲さんはソファからすっくと立って、にっこり笑った。

四、思いがけない再会

会員制高級クラブ〝かれん〟で働き始めてから九日が経ち、明日はクリスマスイブだ。日曜日に休みをもらっただけで、朝から午前一時まで働きづめだった。

咲《さき》さんのヘルプについてお酒を作ったり、話しかけられれば会話をしたり、彼女のお客様なのであまり出しゃばらないように席に着いていた。

その姿勢が好感を得たのか、周りのホステスも休憩中に話しかけてくれ、人間関係的には苦にはならなかった。大学病院も女性ばかりなので、振る舞い方は心得ている。

ホステスの仕事も少しずつ慣れていったが、寝不足気味なので体はつらい。明後日の日曜日は、お墓参りを済ませたら家でごろごろするつもりだ。

「穂乃香《ほのか》さん、疲れてない？」

金曜日のお昼休み、頭がボーッとして会話が少ないところを彩乃《あやの》さんに聞かれる。

「え？　いいえ。そんなことないです。ごめんなさい。考え事をしていて……」

副業していることを知られたら、この仕事を辞めなくてはならなくなる。

「明日、イブじゃない？　彼氏のいない者同士、うちで飲まない？」

「あ……」

明日は店がある。

「ごめんなさい……祖母の家に行く約束をしているんです」

とっさに嘘《うそ》を吐《つ》く。

「残念。でも、たったひとりの身内だものね。仕方ないわ」

詳しく話していないが、家族を事故で亡くして今は祖母だけだと簡単に言ってある。

「すみません」

「ううん。普段はなかなか行けないでしょ？　おばあさん孝行してきて」

彩乃さんの優しい言葉に後ろめたさを覚えながら、コクッと頷《うなず》いた。

「あ、注文していた食事札が事務室に届いていると連絡があったので、このあと取ってきますね」

「ありがとう。私も行くわよ」

その申し出に首を横に振る。

「だめですよ。栄養科長に叱《しか》られちゃいます。それくらいひとりで取ってこられないの？　って」

「たしかに。じゃあ、お願いするわね」

にっこり笑って頷いて、お弁当の残りを口にした。


別館の職員専用食堂から渡り廊下を通って、本館の一階にある事務室へ向かう。

大学病院の受付カウンターの後ろが事務室で、横にあるドアを開けて近くにいる顔見知りの事務員の女性に挨拶《あいさつ》をする。

「お疲れ様です。食事札を取りに来ました」

「石田《いしだ》さん、お疲れ様です。そこにあるから。ここにサインしてね」

書類にサインしてから、奥に立てかけてある荷台を取りに行く。

荷台を手にして、積み重ねられている食事札の束《たば》に近づく。

そこへ事務室のドアが開き、白衣の下に青のスクラブ姿、首から聴診器をぶら下げた冬貴《ふゆき》さん――綾瀬《あやせ》先生が入ってきて、一瞬目と目が合いとっさに俯《うつむ》く。

颯爽《さっそう》とした足取りの綾瀬先生が私の横を通りすぎる。

亡くなった家族のためにお線香をあげに来てくれてから八年も経っているし、調理服姿では家政婦をしている祖母の孫だと気づかれるはずがないのに。

もしも彼が、私のことを祖母の孫だとわかったなら、ごく普通に挨拶をすればいいだけだ。

後ろめたさがあるのは、私が奈乃香《なのか》だと思われているせいだった。

さてと、台車に積まなきゃ。

食事札は紙で、束になるとなかなかの重さだ。それを十束台車に乗せていると、寝不足のせいか動悸がしてきて、目の前がチカチカしてくる。

台車のハンドルに手を置いて頭を下げ、眩暈《めまい》が去ってくれるのを待つ。

「どうしましたか?」

ふいに男性の声がした。

瞼《まぶた》を開けた先に、白衣と青のスクラブのズボンが目に入る。

え? もしかして……。

答えられないでいると——。

「失礼」

私の片方の手首が、節のある男らしいが綺麗《きれい》な長い指に掴《つか》まれた。

「あ、あの」

思い切って顔を上げると、そこにいたのはやはり綾瀬先生だった。

視線は自分の腕時計で、どうやら私の脈拍を測っているようだ。

「少し脈が速いようだ。それと……」

両手の親指で私の目の下を引っ張った。

「貧血だな。内科で診てもらうように。お大事に」

それだけ言うと、綾瀬先生は事務室のドアを開けて出て行った。

綾瀬先生が出て行き、閉まったドアを茫然と見る。

びっくりする間もなく、状態のチェックをして去って行った。

私がわからなかったんだ……それはそうよね……。

近くで見た彼は、八年前とほとんど変わっていない。私が倒れたときは高校三年生だったと聞いているから、三十六歳になっているはず。

堂々としていて、素早く的確な指示をする。さすが病院長が一目置いている医師だ。


その日の夜、〝かれん〟に出勤すると、ラメの入ったペールグリーンのドレスを借りた。デコルテラインは大きく開いているが、かろうじて手術痕は見えない。腕を露出しないシースルーの袖が好みだ。

咲さんとはずいぶん仲が良くなり、毎回ヘアメイクをしてくれる。

「できたわ」

「ありがとうございます」

今日の髪型はハーフアップだが、緩く巻かれてふんわりした雰囲気《ふんいき》になっている。

「凛《りん》さん、明日は同伴が入っているからヘアメイクをしてあげられないの」

「見よう見まねでやってみます。いつもありがとうございます」

咲さんに微笑《ほほえ》んだところで、黒服の男性スタッフがドアをノックして顔を覗《のぞ》かせた。

「凛さん、ご指名です」

え……？　私に指名……？

「あら、どなたかしらね？　おめでとう。ご指名第一号よ」

咲さんがにっこり笑みを浮かべる。

「でも、どなたか……」

そこで黒服スタッフが口を開く。

「西村《にしむら》様のご子息で、太客《ふときゃく》なのでくれぐれもご機嫌を損ねないように」

黒服の男性は小声で言ったが、お客様の名前以降の言葉は耳に入ってこない。

「西村様のご子息……たしか凛さん、西村様の紹介だったわね？」

先ほどまで笑顔だった咲さんの顔が曇ったように見える。

彼がお店に来るなんて、まったく予想していなかった。でも考えてみれば、西村さんが懇意にしているお店なら、息子さんだって来るかもしれないと思うべきだった。

「太客だから対応には気をつけてね」

「咲さん、太客って……？」

「多額のお金を使ってくれるお客様のことよ」

「そうだったんですね」

だから、こんなど素人《しろうと》の私がすんなりと会員制高級クラブで働くことができたのだ。

「……行ってきます」

また道人《みちひと》さんに会うと思うと、気が重く脚が前に進んでいかない。

心臓がバクバクと嫌な音をたてている。

フロアに出ると、先ほどの黒服スタッフが近づいてきてテーブルに案内する。

彼は奥まった二人掛けのソファに座っている。私はL字に置いてある円いスツールに座ればいいのだ。

「西村様、お待たせいたしました。ご指名の凛さんです」

スマートフォンをいじっていた彼は顔を上げて口角を上げた。

「凛です。お待たせいたしました」

名刺入れから一枚取り出して、彼に渡す。

「まあ座って」

「失礼いたします」

スツールに腰を下ろそうとする私の手首が掴まれ、強引に彼の隣に座らされていた。

「こっち空いているんだから、いいでしょ？」

困惑しているうちに、黒服スタッフが高級ウイスキーとグラス、氷などのセットを持ってきた。

「あー、今日は気分がいいから、店で最高級のスパークリングワインを持ってきて」

「かしこまりました」

黒服スタッフはいったんそれらを下げて立ち去る。

「そんなに驚いた顔をしなくてもいいのに。早く来たかったんだけど、親父とバリ島へ出張だったんだ」

「西村様、おしぼりをどうぞ」

温かいおしぼりを差し出すと、受け取った道人さんは手を拭《ふ》きながらニヤニヤする。

「どう？　ホステスは初めてなんでしょ？　慣れた？」

「まだまだですが、なんとか……」

そこへ黒服スタッフが、スパークリングワインと細長いグラスを二脚運んできた。

「お待たせいたしました」

黒服スタッフはスパークリングワインの銘柄の説明をするが、道人さんはうるさそうに「説明はいいから早く開けてよ」と言い放つ。

道人さんは誰に対してもため口を使うようだ。

スパークリングワインが開けられて、ふたつのグラスに注がれたとき、カレンママが現れた。

「西村様、このたびのお越し、誠にありがとうございます。そして最高級のスパークリングワインもありがとうございます」

「あー、ママも座ってよ。一緒に飲もう」

「それでは失礼いたします」

カレンママは私が座ろうとしていたスツールではなく、彼側のスツールに腰を下ろした。

今日もカレンママは艶《あで》やかなクリーム色の着物姿だ。

三人で乾杯してスパークリングワインをひと口飲む。ウイスキーは苦手だが、スパークリングワインは美味しいと感じる。

話術巧みなカレンママに会話を任せ、彼が飲んで少なくなったグラスにスパークリングワインを注ぐ。

しかし、話を振られるので差しさわりない程度に笑みを浮かべて対応した。

少ししてあちこちのテーブルを回るカレンママがいなくなる。

時々、肩や膝の上に置いた手の甲に重ねるように触れてくるので、不快感に襲われたが、彼はお客様で私は仕事に徹しなければならないので我慢するしかなかった。


カレンママと一緒にビルの前の道路に立ち、タクシーに乗り込む道人さんを見送る。

彼は明日も来るからと言って、三時間ほど店に滞在してから帰って行った。

午前一時までまだ二時間あり、控え室に戻る。部屋の中には誰もいない。

道人さんは三時間の滞在で、最高級のスパークリングワインを三本オーダーした。

他のホステスを呼ばないので、私がご相伴に与《あずか》るしかなかった。なので、今は足元がふらつき気味だ。

ホステスになる原因を作った男に触れられた手の甲をせっけんで洗い、ソファに座る。

「はぁ……」

明日も来るなんて……じりじりと追い詰められていく感覚に駆られる。

控え室のドアが開いて、咲さんが現れた。

「お疲れ様です」

腰を上げて頭を下げる。仲が良くなったとはいえ、この社会も上下関係が厳しい。

「凛さん、お疲れ様。あら、飲みすぎちゃってる?」

そう言って、隅にある冷蔵庫からミネラルウォーターのペットボトル二本持ち、その一本を私に手渡すと隣に腰を下ろした。

「ありがとうございます」

キャップを回して開けて口をつける。

「大丈夫だった? 隣のテーブルにいたんだけど、カレンママが時々顔を出していたとはいえ、三時間もひとりで対応していたから疲れたでしょう?」

「正直言って……はい」

「でも、あのスパークリングワインを三本も入れてもらえたなんてすごいわよ。飲み物によってお給料にも響くからね」

咲さんもミネラルウォーターをゴクゴクと三分の一ほど飲む。

「そうなんですか」

「ええ。いつも呼んでもらえていたホステスたちが、やきもきしていたわ」

明日は別のホステスにしてほしいところだ。

ひと休みしていると、咲さんは代議士の先生の来店で控え室を出て行ったが、黒服スタッフが戻って来て、私もヘルプにテーブルに着くことになった。


翌日も道人さんは二十時から来店して私を指名し、最高級のスパークリングワインを注文した。

今日はクリスマスイブなので、店では有名パティスリーのクリスマスケーキやオードブルも振る舞われたが、しっとりとした会員制高級クラブならではの落ち着いた雰囲気だ。

「凛ちゃん、かんぱーい」

道人さんは私のグラスとコツンと合わせてから、スパークリングワインを喉に流す。

「どうしたの？　飲まないの？」

「いえ、いただきます」

グラスを口に運ぼうとすると、ストップがかかる。

「あーちょっと待って。凛ちゃんとラブショットしたいな」

「ラ、ラブショットですか……?」

聞いたことのない語彙に当惑する私のグラスを持った手に、彼は腕を交差させた。

「こうやって飲むんだ」

そう言ってグイッと彼の方に引っ張られる。顔が近すぎて嫌なのだが、あからさまに態度に出すことはできない。

それがわかっているのだろう。ニヤニヤしながら「ほら、飲もう」と言ってくる。

いつまでも腕を組んでいたくないので、思い切って顔を近づけてグラスに口をつけた。

「飲み干せよ」

小声で命令されて、一瞬ビクッと肩が跳ねる。

グラスから離れた唇をもう一度つけて、ゴクゴクと飲み干した。

「いいね~、飲めるじゃん」

一気にアルコールが喉を通って胃に落ちていく感覚は慣れなくて、体が急激にだるくなっていく。

グラスを空にしたところで、道人さんから離れる。

彼がテーブルに置いたグラスに、さらにスパークリングワインを注ぐ。

「あらあら、西村様。凛さんはお酒に弱いのでほどほどになさってくださいね。今夜もご来店ありがとうございます」

「ママも座って飲もうよ」

「ありがたく頂戴いたします」

カレンママは近くにいた黒服スタッフへジェスチャーし、グラスを持ってこさせた。

「西村様、今夜はクリスマスイブですわね。凛さんに会いに来られたなんてよほどお気に召したのですね」

「彼女にひとめ惚《ぼ》れをしたからね。そうだ、クリスマスプレゼントがある」

道人さんはソファに置いたいくつかのショッパーバッグをふたつ取って、カレンママと私に渡す。

「まあ、私にも？　ありがとうございます」

カレンママは心の底から嬉《うれ》しそうな笑みを浮かべる。

「もちろん。挨拶程度のものだよ」

ショッパーバッグはハイブランドの化粧品で、手にした私は困惑する。

「凛さん、初めていただくので躊躇《ちゅうちょ》するのもわかるけど、こういうときは素直に喜んでお礼を言うのよ」

カレンママにやんわり諭され、ハッとなって口を開く。

「西村様、ありがとうございます」

本音は彼からプレゼントなんてもらいたくない。でもカレンママもいるこの場で断ったら、どうなるか先が読めない。

「君には最高ラインのスキンケアセットを選んだんだ。綺麗な肌をそれ以上に美しくなってほしくてね。ママのは香水だよ」

彼のグラスが空いて、私はスパークリングワインを満たす。

何かやっていた方が、カレンママに任せて話をしなくてもいい。

「まあ、嬉しいわ。明日からさっそくつけさせていただきますね。そうだわ。西村様、クリスマスケーキはいかがでしょうか？」

「ここ何年か食べていないな。もらうよ」

素早くカットされたクリスマスケーキがテーブルに用意された。

「凛ちゃん、食べさせてよ。生クリームをつけたいちごがいいな」

ギョッとなったが、ここで拒絶はできない。営業用の笑みを浮かべて、フォークにいちごを刺して、生クリームをつけてから道人さんの口へ持って行く。

彼は満足げに口を開けて、差し出したいちごをパクッと食べた。

「ただいま……」

今日も飲みすぎてしまったようで、吐《は》き気がする。床にバッグとクリスマスプレゼントを置き、通勤用のブラウンのロングコートを脱ぐ。

眠気も相まって足元がふらつき、キッチンで水を飲もうと立ったとき、ついに吐き気を堪《こら》えきれず急いでトイレへ駆け込み、胃の中の物を吐いた。

「ううっ……っ、はぁ……」

今夜は最後まで道人さんはいて、最高級スパークリングワインを三本飲んだあと、ウイスキーも飲んで、かなり酔っぱらった状態で帰って行った。

接客をしていた私もちびりちびり飲んでいたのだが、いつも以上のアルコール摂取に鼓動もバクバクしている。

心臓に良いわけがないよね……。

吐いたおかげで気分は少し良くなって、シャワーを浴びた。

暖かいパジャマに着替えて髪の毛をタオルで拭きつつ、仏壇の前へ足を運ぶ。

「もう……今日が命日だね。まだまだあのときのことを思い出すとつらいけれど、なんとかやってるから。明日、お墓参りに行くね」

仏壇に向かって言葉をかけると、髪の毛をドライヤーで乾かしてベッドに横になった。

多忙な年末が終わり、三日ほど休んだだけで、また大学病院の仕事とホステスとしての仕事が始まった。

道人さんは週のうち四日は〝かれん〟で散財し、父親の西村さんも週一で現れるが、他のホステスを指名して飲んでいく。

〝かれん〟で働いてひと月が経ち、初めてのお給料ももらった。なんとかこの仕事を乗り切れたことに安堵した。

しかし、酷使しすぎている体は悲鳴を上げていて、給食を作る重労働でさらに応《こた》え、ミスを頻繁にしてしまっていた。

眩暈に襲われることも多く、二月の終わりになると、管理栄養士としての仕事は退職をし、ホステスでできるだけ稼いで西村さんに借金の完済をすることが今の自分にできることだと考え始めていた。

計算どおりにいけば、二年半で終わるのだ。

それからまた管理栄養士の仕事を探せばいい。

三月に入った。

少しずつ暖かくなってきている。

大学病院の仕事を辞めようと決めたものの、心の隅ではまだ働いていたいと思っていて上司に言えずにいる。

「石田さん、そっちの空の鍋を取ってくれる？」

「はーい」

同僚に頼まれて、抱えるほど大きな鍋を持って振り返った瞬間、目の前が真っ暗になって全身の力が抜け、意識を失いそうになる。

持っていた鍋が手から離れ、ガランガランとものすごい音がした。

ふらつく私は、誰かの手で支えられた。

「大丈夫⁉　石田さん！」

「お鍋……すみ――」

「そんなこといいから。座った方がいいわ。歩ける？」

頭がボーッとしているがコクコクと頷く私を、彩乃さんが休憩室に連れて行ってくれた。

時刻は十五時過ぎだ。

「お水持ってくるわね」

休憩室のベンチに私を横たわらせてくれた彩乃さんは、すぐに水の入ったコップを持って戻ってきた。

「起き上がれる？」

「は……い……すみません……」

彩乃さんに手を添えられて体を起こし、水を飲む。

眩暈が酷《ひど》くて、すぐに倒れ込むように横になる。

「穂乃香さん、大丈夫？　理香《りか》さんを呼んでくるから診てもらおうか？」

「そんな。理香さんは忙しいですし。少し休んでいれば眩暈も治まると思います」

「最近、様子がおかしいように思っていたんだけど、どうかした？」

心配してくれる彩乃さんに話をしたい気持ちに駆られたが、副業でホステスをしているなんて言えないし、今は口を開くのも億劫《おっくう》だ。

「また後日……お話ししてもいいですか？」

「そうよね。今は休む方が大切よ。ここ、ちょっと寒いわよね」

彩乃さんは自分のロッカーからウールのコートを持って来て体にかけてくれた。

「これでいいかしら。じゃあ、休んでいてね」

「色々とありがとうございます」

彩乃さんはにっこり笑って「当然よ」と言い、仕事場に戻って行った。

目を閉じて休んでいるうちに、頭のグラグラ感はなくなっていた。

良かった……でもやっぱり今の状態では彩乃さんやみんなに迷惑をかけてしまう。

少ししてから体を起こし、彩乃さんのコートを自分のロッカーにしまってから戻る。

給食室に入った私に栄養科長が近づいてくる。

「石田さん、もう大丈夫なの？　まだ顔色が悪いわ」

「ご迷惑をおかけして申し訳ありません。あの、お話があるのですが、就業後少しお時間を取っていただけますか？」

栄養科長は周囲を見渡す。

「今にしましょう」

栄養科長は私を、共同で使っている科長室へ連れて行く。

「お茶を入れるわね」

「ありがとうございます」

隅にあるキッチンでお茶を湯呑《ゆのみ》に入れて栄養科長が戻って来る。

「どうぞ、飲みなさい」

「いただきます」

湯気の立つ湯呑を口に運び、お茶の温かさにホッと息を吐く。

「最近、調子が悪そうね？　今度の定期健診はいつ？」

栄養科長は私の病歴を把握している。定期検診が一年に一回だということも。病院はここではなく、子供の頃に手術を受けた別の病院でしている。

「五月に……科長、実は退職させていただきたくてご相談を……」

「退職？　それほど体調が悪いの？」

「はい」

本当の話ができないのがつらい。

「休職ではだめなのかしら？　休んでからまた働くこともできるわ」

「それも考えましたが……」

「もしかして、また手術を？」

嘘を吐くことができずに、慌てて首を左右に振る。

「いいえ」

「忙しいし重労働の給食部門で働いてもらうのが気になっていたのよ。でも臨床部門はずっと空きがなくて」

「それは承知しています。料理をするのが好きなので給食部門は苦にはなっていませんし、楽しんでいます」

本当の気持ちなので、スッと口から出てくる。

その後も、栄養科長は休職を勧めてくれたが、話し合った結果、退職することを認めてくれた。


栄養科長の口添えで有給休暇の消化をして、最後の週の五日間の出勤で三月末に退職となった。

最終日、職場での送別会は辞退したが、今日は彩乃さんとふたりで夕食を食べに行く。

夜の仕事はお休みした。

三月の初めから最近まで夜のみの仕事だったので、体は元気になった。

でも、今まで働いた職場を離れると思うと寂しい気持ちに襲われ、心の拠り所を失って根無し草になる感覚だ。

彩乃さんは、東京《とうきょう》駅近くの商業施設のビルの最上階にあるフレンチレストランへ私を連れて来た。

明かりが落とされた室内、各テーブルにはキャンドルが置かれており、高級感溢れる店内の大きな窓からは美しい夜景が臨める。

「こんな素敵《すてき》なレストランへ来たのは生まれて初めてです。でも……」

「私、食事券を持っているの。だから気にしないでね」

「お食事券を？」

「そう。だからここは全部私持ちよ。穂乃香さんの送別会だもの」

彩乃さんはにっこり笑う。

「ありがとうございます。何年かぶりに幸せな気持ちになりました」

「そんなっ、大げさよ」

私たちは最初の一杯だけ白ワインで乾杯して、運ばれてきた前菜を堪能する。

「辞める理由を教えてくれる？」

「込み入った話なので……最初から話したら長くなりますが、簡単に」

カリフラワーのスープやカリッと焼かれた真鯛のムニエルなどを食べながら、まずは家族の事故のことを話し始める。私の心臓の手術や祖母が奈乃香だと思っていることは省略する。

「穂乃香さん……」

彩乃さんは食べる手を少し前から止めて涙ぐんでいた。

「もう八年も前のことなんですから、そんな顔をしないでください」

「そんな過去があったなんて。ひとりで大変だったのね……」

「はい。今まで無我夢中で生活して来ました。そんな折——」

返済の話になり、十二月の半ばからホステスとして働いていることを告白した。

「それが私の体調の悪さの原因でした。隠していて本当にすみませんでした」

「なんで謝るのよ。疲れていたのも無理はないわね。それにしても酷い男だわ。息子の嫁にならなかったら全額早急に返せって」

彩乃さんは憤慨《ふんがい》している。

「返済するにはおそらく十七年はかかるはずだったし、利息もなしで今まで待っててくれていたのがありがたかったので、今はホステスとして頑張って一刻も早く完済したいと思っています」

「穂乃香さん、人が良すぎるわ……」

「借りたお金はちゃんと返さなくては。ということで、今までありがとうございました。彩乃さんと毎日のお昼時間が楽しかったです」

頭をペコリと下げて、しんみりしないように微笑む。

「私もよ。もう穂乃香さんと昼食を食べられなくなるなんて、寂しいわ」

「これからは時間に余裕ができるので、時々は会ってもらえますか？」

「もちろんよ。頑張ってね。ホステスの穂乃香さんも見てみたいわね。綺麗だからそのうちにお店のナンバーワンになるわよ」

「ふふっ、それはないですが、返済が終わるように日給が上がればいいなと思っています」

道人さんが頻繁に来店するので、他のお客様の席に着くことがなかなかできず、認知されづらいのだ。

今まで本格的なフランス料理なんて食べたことがないが、とても美味しく最後のデザートまでペロリと平らげ、レストランを出たあとはコーヒーショップでしばらく話をして二十二時に帰宅した。


今日から四月。

体調は回復しているので、夜になるまでの昼間の時間がもったいなく感じてしまう。近くのカフェや飲食店で、短時間働けるところを探そうか。

朝食を済ませてから洗濯や掃除をし、ベッドの端に腰を下ろしてスマートフォンを手にした。求人を調べようと思ったのだ。

少しでも働けば、その分を生活費にできるので、ホステスで得た収入は全部返済に回せる。

大学病院で管理栄養士として働いて三年しか経っていないので、退職金は切り詰めた生活費六カ月分くらいだった。

えーっと、台東区《たいとう》のカフェの求人を検索してみよう。

スマートフォンで文字を打ち込もうとしたとき、画面が変わって着信を知らせた。

私が通院している日本麻生《あそう》メディカルセンター病院の番号だ。

通話をタップして電話に出る。

「もしもし?」

《石田奈乃香さんですか?》

え……?

《こちら港区《みなと》にあります、日本麻生メディカルセンター病院ですが》

心疾患で、子供の頃から私がお世話になっている病院だ。でも、私のことであれば〝穂乃香〟なのに。

「どうかしましたか……?」

《石田とみ子さんは、あなたのおばあさんですよね？》

「あ、はい。そうです。おばあちゃんに何かあったんですか!?」

心臓がギュッと締めつけられる。

《階段を踏み外して大腿骨骨折を。意識ははっきりしていますので、安心してください。こちらへ来られますか？　同意書をいただいてすぐに手術になります》

「骨折……もちろんです。これから向かいます」

通話を切ったあとも動悸が治まらない。慌ててしまって何を持って行ったらいいのか思い浮かばない。

一刻も早く祖母の元へ行くことが大切だと、バッグに財布が入っていることをたしかめ、祖母の元へ急いだ。

病院に到着すると、すぐに同意書にサインをし、祖母に会えないまま手術となった。

手術を待つ家族のために、下の階にはいくつかのソファセットが置かれている。

エレベーターを降りてソファに近づく足が止まる。

看護師から祖母に付き添って救急車に乗車した人がいると教えられていたが、そこにいたのは綾瀬先生だったことに驚く。

彼はエレベーターすぐのソファに座っていたが、目を閉じている。目を閉じると彫刻師が掘ったような美しい顔立ちがより一層わかる。

眠っているのだろうか。

起こすのも申し訳ないので、少し離れたソファに向かおうとしたとき――。

「石田奈乃香さん？」

突然名前を呼ばれて、足を止めて綾瀬先生の方をくるりと向いた。

綾瀬先生は目を開けて、きりっとした双眸《そうぼう》で私を見ている。

「ご、ご無沙汰《ぶさた》しております」

慌てて頭を下げると、彼はソファからすっくと立ち上がる。

私服を見たのは初めてで、ビンテージ物のジーンズ姿は足が長く、まるでモデルのようだと、近づいてくる綾瀬先生を見て思った。もちろん白衣姿の彼も、有能な医師の姿そのものだ。

「おばあさんを怪我させてしまい申し訳ない」

「とんでもありません。なにぶん年なので……」

先日、事務室で体調を診たのが私だとわからないようだ。

「連絡に驚いて喉が渇いていないか？　飲み物を買ってこよう。何がいい？」

綾瀬先生はここから見えるカップの自販機を示す。

「すみません、では、お茶でお願いします」

「わかった。座ってて」

素直に綾瀬先生が先ほど座っていたソファに腰掛ける。

知らせを受けてからホッと息を吐く暇もなかったので、座れるのがありがたい。

彼は自販機に向かい、ふたつのカップを持って戻って来ると私にお茶のカップを手渡し、隣に腰を下ろした。

「ありがとうございます。あ、お金を」

バッグを開けようとして「これくらいおごらせてくれ」と止められる。

「すみません」

「どうぞ。飲んで」

「いただきます」

お茶をひと口飲んだ私に、綾瀬先生は骨折したときの状況を話してくれた。

祖母はお屋敷の玄関で靴を履こうとしたとき、上がり框《かまち》からバランスを崩して転んだそうだ。悲鳴を聞いて彼が駆け付けたときには、玄関で倒れていたと。

祖母は七十八歳だ。無理のできない年齢……。

「何か足りないものがあると、おばあさんは買いに行こうとしていたときだった。すまない」

「いいえ。こちらこそ、ご迷惑をおかけしてすみません」

「ところで、すぐに救急車で運ばれたから入院の用意をしていないんだ」

「そうでした！　家に行って取ってこないと」

この病院は、祖母の家――綾瀬家からタクシーで十分ほどのところだから、用意をして戻って来てもまだ手術は終わっていないはず。

「行ってきます」

立ち上がったところで、祖母の家の鍵を持っていないことを思い出した。

「綾瀬先生、祖母の家は鍵が掛かっていますか？」

「綾瀬先生？」

彼は首を軽く傾《かし》げた。

「……祖母からお医者様だと聞いていたので、つい……なんとお呼びしたらいいでしょうか？」

「それでいいよ」

もう退職しているし、同じ大学病院に勤めていたとあえて言う必要もないだろう。

「おそらく施錠していると思うが、スペアキーが保管してある。俺も一緒に行こう」

そもそも多忙な綾瀬先生を手術が終わるまで待っていてもらうのは忍びなく、お屋敷に着いたらあとは大丈夫だと言おう。

「助かります」

飲み終えたカップふたつを手にしてゴミ箱に捨てると、エレベーターの前で待っていた綾瀬先生と共に乗り込んだ。

タクシーで麻布《あざぶ》にある綾瀬家の邸宅に向かう。後部座席の彼は、足がちょっと窮屈《きゅうくつ》そうだ。

「あれからずいぶん経ったが、おばあさんからは、まだ心の傷は癒《い》えていないと聞いている」

「おばあちゃんが……」

「ああ。日本へ戻って来たときに聞いたらそう言っていた」

「……そうですね。まだつらいときもあります」

借金を返済したら、気持ちが軽くなるのだろうか……。

「まだ時間が足りないようだな」

本当に時間が解決してくれたらいいのに。

屋敷に表門から入るのは初めてだった。

高級住宅地として知られている麻布で、綾瀬家はひときわ立派な門構えと日本家屋、広い敷地を持つ、昔からの地主だと聞いている。

一枚板の杉の門の横にある通用門から、三十メートルほど続く石畳を敷地内へ歩を進める。左右には庭師が手を入れている樹木だ。

綾瀬先生のあとに続いて歩いていると、七歳の頃奈乃香とかくれんぼをしていたときのことが思い出される。

引き戸の玄関の鍵を開け中へ入った彼が振り返る。

「どうぞ、中へ」

「え？　いいえ。ここで待っています」

お屋敷に入るなんて恐れ多い。祖母は使用人で、室内にはご家族がいるのだ。

「わかった。では、離れの家の前にいてくれ。すぐに行く」

「ありがとうございます」

少し来た道を戻って、趣《おもむき》ある庭を通り祖母の家に向かう。

「あ……」

美しく咲いた桜の木が目に飛び込んできた。

幼い頃も、この桜が咲いているところは見ている。ただ綺麗な木だと思っていたが、大人になって見る桜の木はとても美しく、少しの間見惚《みと》れていた。

いけないいっ、離れの家は母屋の裏手から行けるから、早く行かなきゃ。

祖母の家の玄関前に到着したが、綾瀬先生の姿はなくホッとする。

ほどなくして綾瀬先生が現れて、鍵を渡してくれた。

「用意が終わったら教えてくれ。俺も病院に戻るから」

「でも、ご迷惑では……」

「俺にとっても、とみさん……君のおばあさんは祖母のような人だから放ってはおけない」

彼が小さい頃から祖母はここで働いていたので、私よりも祖母と過ごした時間は長い。だけど、祖母は使用人。それなのに、身内のように思ってもらえるのはありがたい。

「わかりました」

「そうだ。スマートフォンを出して。俺の番号を教えておく」

彼はスマートフォンをジーンズのポケットから出した。

綾瀬先生のプライベートの番号なんて、大学病院の看護師たちが欲しがりそうだ。

電話番号を交換して彼は屋敷に戻っていき、私は玄関の鍵を開けて室内へ入った。

祖母の家は平屋建てで、キッチン、バストイレ、二部屋と納戸がある。

几帳面な祖母なので、部屋はスッキリと片付いており、タンスからパジャマと下着を数着取り出した。

「あとは何が必要だったっけ……」

タオル類も数枚出し、洗面所へ向かい、洗面道具と基礎化粧品なども手にした。

「あ、プラスチックのコップも必要だわ。でも蓋とストローがついたものの方がいいかな。たしか病院の売店で売っていたっけ」

祖母は時々友人と旅行へ行くのが趣味だったので、大きめのバッグもあり、それに必要なものを詰めていく。保険証とおくすり手帳も見つけてバッグの中へ入れた。

「これでいいか。おばあちゃん、大丈夫かな……」

手術室に入って一時間半ほどなので、まだ終わっていないだろう。

スマートフォンを出して、綾瀬先生にかける。男性へ電話をかけたことがないので、呼び出し音が鳴る中、心臓がドキドキする。

《終わったのか？》

「はい。これから表玄関へ行きますね」

《わかった》

荷物を持って祖母の家を出て、待ち合わせの場所へ足を運んだ。

綾瀬先生はすでに外で待っていた。

「お待たせいたしました」

彼は返事の代わりに私が持っていたバッグを持つ。

「自分で持ちます、そんなに重くないですから」

すると、綾瀬先生はふっと笑みを漏《も》らす。

「ずっとひとりで大変だったんだろうな。もう少し人に頼ってもいいんじゃないか?」

「え?」

ズバリ指摘されて、目が丸くなった。

「誰にも頼りたくありませんって雰囲気が見て取れる。俺と君はまったく知らない人ではないのだから、一線引かなくてもいいだろう?」

「まったく知らないわけではないですが、祖母は使用人ですから」

「君は使用人じゃないだろう? さてと、行こう」

結局、荷物は綾瀬先生に持ってもらうことになり、門の左手にあるシャッター付きの車庫に案内される。どうやらタクシーではなく車で行くようだ。

人感センサーで車庫の中が明るくなり、そこには高級車が三台ある。綾瀬先生はそのうちのパールホワイトの車体に天井がブラックのSUVの助手席のドアを開けて私を座らせると、後部座席のドアに祖母のバッグを置いた。

運転席にやって来た綾瀬先生はエンジンをかける。

「失礼」

ふいに綾瀬先生の体がこちらに傾《かたむ》き、驚いて硬直する。手を伸ばした彼はシートベルトを引っ張り、カチッと装着させた。

びっくりした……シートベルト……。

車に乗るのは久しぶりだから、すっかり忘れていた。

「……ありがとうございます」

「どういたしまして」

綾瀬先生は口元を緩ませる。大学病院で見かけた彼はいつも仏頂面《ぶっちょうづら》をしていたので、こんな柔らかい表情もするのかと意外だった。

日本麻生メディカルセンター病院に戻ったが、祖母の手術はまだ終わっていなかった。先ほどの待機場所にいると、看護師がやって来て入院手続きの書類に記入した。

その後、祖母の手術は無事に終わってふたり部屋に移されたが、麻酔のせいでまだ眠っていた。

綾瀬先生は担当医に話を聞き、明日来ると言って帰って行った。

祖母が目を覚ましたのは二十時だった。

「おばあちゃん、痛む？」

「……奈乃香、来てくれたのかい。そりゃ……痛いよ」

麻酔が切れたばかりの祖母は、ぼんやりした目を私に向ける。

「だよね。連絡があったときはびっくりしたわ。綾瀬先生も心配していたよ。明日来るって」

「そうかい……それは申し訳ないことを……忙しいのに」

「綾瀬先生から家のスペアキーを借りて、必要なものを持ってきたわ。足りないものがあったら言ってね。今は動けないけれど」

目を覚ましたので看護師を呼び、明日来るからねと言って病院をあとにした。

翌日、面会の開始時間十四時ぴったりに入れるように自宅を出て、日本麻生メディカルセンター病院に電車で向かった。

昨日は〝かれん〟に道人さんは来店しなかったので、気持ちに余裕があった。

病室に入ると、祖母は真上を向いたまま瞼を閉じていた。下半身はギプスで固められているので、身動きができなくてかわいそうだ。

足音に気づき、祖母が目を開けた。

「おばあちゃん、どう？」

「もう痛くてかなわないよ。動けないし。本当にバカみたいなことをしてしまったよ」

祖母は昨日よりもはっきりした表情で、胸を撫《な》でおろす。

「欲しいものはある？　売店で買って来るよ」

「いいや、ないよ……」

どこか元気のない祖母に首を傾げる。もちろん大怪我をして痛みと戦い、入院をしているのだから元気がないのは無理もないが。

「おばあちゃん、何か心配事でもあるの？」

「ああ……。お屋敷で料理をする者がいないんだよ。通いの家政婦もいるけれど、彼女は掃除と買い物の担当で、料理は人に出せるほどの腕前じゃないんでね」

長い休みも取らず、長いこと綾瀬家で家政婦として従事してきた祖母は、自分がいなければ綾瀬家の住人が餓死してしまうとでも思っているのだろうか。

でも、心配事があると回復を遅らせるかもしれない。

今の私なら食事を作る時間はある。

「……おばあちゃん、私、大学病院の仕事を辞めたの」

「ええっ？　いったいどうしたんだい？」

「色々あって……ちょっと休んでからちゃんと就職するから。だから、私で良かったらおばあちゃんの代わりをするわ」

「いいのかい？」

憂慮していることが払拭《ふっしょく》されるためか、退職した理由を濁《にご》したものの特に追及されずに、祖母の顔には笑みが浮かんだ。

「うん。おばあちゃんが戻って来るまで代理で働くわ。だから何も気にせずに脚を治してね」

「奈乃香、ありがとう。優しい孫を持って嬉しいよ。今の家から通うのは大変だろう。私の家にしばらく住むといい」

皺《しわ》のある顔を破顔させる姿を見たら、言ってよかったと思った。

たしかに朝食を作るのには、台東区にある自分の家からでは無理がある。

「そうするわ」

そこへドアがノックされて、綾瀬先生が小さめのフラワーアレンジメントされた花かごと老舗高級和菓子店のショッパーバッグを持って現れた。

「冬貴様、このたびはご迷惑をおかけして——」

「とみさん、気をつけていても怪我はする。謝らないでください。奈乃香さん、これを」

彼は手に持っていた花かごとショッパーバッグを私に渡す。

「ありがとうございます」

小さめの花かごは病室の置き場所に困らない大きさで、さすが医師だと思う。

老舗高級和菓子店ではひと口サイズの羊羹《ようかん》で、これなら動けない祖母でも近くに置いておけば食べられる。

「冬貴様、私の代わりに孫が食事を作らせていただくことになりました」

「奈乃香さんが？」

綾瀬先生の瞳が私へ移る。

「私、管理栄養士なんです。皆様のお口に合うように作れるかはわかりませんが、祖母が心配をしていて……」

「皆様？」

不思議そうに尋ねられ、コクッと頷いて口を開く。

「はい。大旦那様や大奥様をはじめ、綾瀬家の皆様です」

「奈乃香さん、今、祖父たちはクルーズの旅で留守にしているし、両親は現在ロスにいる。あの家にいるのは俺だけだ。だから、俺だけのためにおばあさんの代わりをする必要はな――」

「冬貴様、それはいけません！」

綾瀬先生の言葉を遮《さえぎ》ったのは祖母だ。

「医者として忙しい毎日を過ごし、食事もままならないときもあるじゃないですか。冬貴様のために奈乃香が作ってくれたなら、私よりもバランスの取れた栄養のある料理を作るはずです」

「とみさんよりもバランスの取れた料理を彼女が？」

彼は不思議そうに私へ視線を向ける。

「私の料理は目分量ですよ。食材には気を遣っていますが。孫は管理……奈乃香、なんだった？」

「おばあちゃん、管理栄養士よ」

お屋敷にいるのは綾瀬先生だけ。大学病院には食堂があって、昼食は確実に食べられるし、当直などには宅配業者に頼むこともできる。だから私がいなくても問題ないのではないか。

「おばあちゃん、綾瀬先生おひとりだったら、自分でどうにでもできると思うの」

私の言葉に反論するように、祖母は寝たきりの首を左右に振る。

「それは私が嫌なんだよ。大奥様から冬貴様の食事を頼まれているからね。冬貴様は忙しくなると食事を抜くこともあるから、ちゃんとした食事を作って、ああ、それからお弁当を持たせてほしいんだよ」

「とみさん、俺のことは気にしなくていいんだ。奈乃香さんの言うとおりだ」

「冬貴様！　奈乃香に料理をさせてください。そうじゃないと、大奥様に会わせる顔がありません」

祖母は思い込んだら絶対に曲げない性格なので、人の話は聞かないきらいがある。固定されて動けないのに、頭を持ち上げようとしている。

「おばあちゃん、起きられないのよ、だめ」

「わかりました。とみさんの気持ちを尊重して、奈乃香さんがよければ作ってもらいます」

綾瀬先生も頑固な祖母に折れたようだ。

「本当でございますか？　冬貴様」

祖母は安堵の表情を浮かべる。

「ええ。でも、奈乃香さん。仕事の方は?」

「実は退職したばかりなんです。ゆっくり仕事を見つけようと思っているので、時間はあります」

「それならお願いするとしよう」

綾瀬先生に微笑まれて、心臓がドクンと大きく跳ねた。

五、惹かれていく心

信じられない展開になってしまった。

まさか、私が綾瀬《あやせ》先生の食事を作ることになるなんて。

祖母の病室で話が決まって、生活をするのに必要な服や小物などをキャリーケースに詰めて、タクシーに乗って綾瀬家の裏門に到着した。

時刻は十七時過ぎ。

スペアキーには裏門の鍵もあったので、そこから敷地に入って祖母の家に入った。

綾瀬先生が車で荷物を運んでくれると言ってくれたが、その場にいた祖母は、迷惑はかけられないと断固拒否した。もちろん私も彼に手伝ってもらう考えはない。

部屋の掃除もしたいし、荷造りも時間がかかるからと丁重に断ったのだ。

祖母の家に着いた旨を、綾瀬先生のSMSにメッセージを送っておく。

キャリーケースの中身を片付けて「ふぅ～」とひと息吐《つ》き、お茶を飲んでから食材の買い物に出かけようとしたとき、スマートフォンが鳴った。
綾瀬先生だ。
「もしもし」
自分から名乗るべきだとは思ったが、自分から〝奈乃香《なのか》〟とは言いづらい。
《片付けは済んだか？》
「はい。これから買い物に行ってきます」
《買い物？》
「明日の食材を。あ、今日はお出かけじゃないのであれば、買い物から帰宅後、お作りしましょうか？」
食事は明日からでいいと言われていたが、自分の分を作るので提案した。
《出かける予定はないが、それなら食事へ行ってから買い物へ行こう》
え……？
「あ、あの。綾瀬先生はお忙しいのでは……？」
《食事くらい食べるだろう？　病院から呼び出しがあったら抜けることになるが》
綾瀬先生は、これから祖母の代わりに料理を作る人間を自分の目でたしかめたいのかもしれない。

「それでは、一度キッチンで調味料や残っている食材をたしかめさせてください」

《わかった。そこからなら裏口の方が早い。鍵を開けるよ》

「ありがとうございます。これから行きます」

通話を切ってから、カーディガンを羽織って祖母の家を出る。お屋敷までは二十メートルくらいの小道で、裏口に到着すると内側からドアが開いた。

「入って」

「失礼します」

「とみさんはここの鍵を持っていたんだが、見当たらなければスペアキーを渡す」

「探してみます」

と言っても、祖母は仕事中に怪我をしたので、キッチンにあるのではないかと思っている。

祖母に聞いたが、衝撃を受けて度忘れをしてしまったらしい。私を奈乃香だと思い込んでいるところも、少し記憶をつかさどる神経に問題があるのかも。

お屋敷の中へ入るのは初めてで、広いホールには美しい花瓶などもあり眺《なが》めていたいくらいだが、綾瀬先生のあとをついて行く。

すべての床が黒檀《こくたん》だろうか、艶々《つやつや》に磨かれている。

廊下を五メートルほど進んだ左手に広々としたキッチンがあった。

中へ入って冷蔵庫や調味料、その他のストックをたしかめる。

その間、彼は近くにいて私が確認し終わるのを待っている。

食器棚の一番上の引き出しを開けると、鍵が三本キーホルダーについて置かれていた。高校生の頃、私が修学旅行で買ってきたキーホルダーなので、祖母の物だろう。

「綾瀬先生、鍵がありました。たぶん祖母の物かと」

キーホルダーを摘まんで持ち上げてみせる。

「ああ、そのようだな」

ポケットから借りていた鍵を出して、綾瀬先生に返す。

「食べられないものはありますか？」

「特にない」

「では……お好きなものは？」

「それも特にない。腹にたまればいい」

祖母の言っていたとおり、食に無頓着のようだ。

「もういい？」

「はい。終わりました」

「じゃあ、行こう。近くのフレンチでいいか？」

「でも、服が……」

今日もジーンズを穿いている。綾瀬先生もそうだが。

「ドレスコードのある店じゃない」

フランス料理なんておしゃれな食事じゃなくても……と思ったが、綾瀬先生が食べたいのならと服装を聞くだけに留めた。

この近辺には大使館関係などのセレブな外国人もたくさん住んでおり、和洋中問わず隠れ家的なレストランがたくさんある。

「わかりました」

綾瀬先生と再びお屋敷の前で待ち合わせをして、彼の車でレストランに向かった。


緊張しちゃう……。

目の前には端整な顔の綾瀬先生で、こうしてふたりきりで食事をすることになるなんて想像もしたことがなかった。

彼は私の命の恩人だ。

私があのとき、あなたが救ってくれた〝穂乃香《ほのか》〟だと話す？

知らせてお礼を言いたい衝動を覚えたが、私のことを〝奈乃香〟と認識する祖母は病気扱いされて、解雇されてしまうかもしれない。そうなったら、あの離れの家にも住んでいられない。

やっぱり知らせることはできないか……と、ため息を吐きそうになる。

メニュー表を見ていた綾瀬先生は、それを白いクロスのかかったテーブルに置く。

「そうだな、ここは奈乃香さんが決めてくれ」

「え？　わ、私が？」

「ああ。任せる。ただし、コースじゃなく一品一品選んでくれ」

綾瀬先生はニヤリと笑う。

もしかして私、試されている？

「では、お肉かお魚だけ希望をお願いします」

「両方だ。君も同じものを」

「わかりました」

メニュー表へ視線を落として考える。実際にフランス料理は一度しか食べたことがないので、どんな味なのかは想像でしかないが、勉強はしている。

「それでは、じゃがいものポタージュ、イワシのマリネ、のどぐろのポワレでソースはバルサミコ、お肉は和牛ランプ肉の炭火焼でいいでしょうか？」

「ああ。それでいい」

綾瀬先生はウエイターを呼んで、自ら私が口にしたメニューをオーダーする。

完璧……一度で覚えるなんて。この若さで、病院長も一目置く有能な先生だものね。

それにしても、大学病院で看護師たちに人気があるのも無理はないビジュアルだわ。

少し離れた席で食事をしている女性たちの視線が、何度も綾瀬先生に向いているのがわかるし、「かっこいい」「びっくりするくらいのイケメン」などと聞こえてくる。

「綾瀬先生、お食事を作る件でお話があるのですが」

「言ってみて」

彼は、先に頼んでいたレモンが入った炭酸水のグラスに口をつける。バランスの取れた形のいい唇に思わず目がいく。

「……夕食なのですが、夜はアルバイトを入れているので、作り置きでもいいでしょうか？」

「もちろんかまわない。俺も何時に帰宅できるかわからないから。キッチンのテーブルに用意しておいて。温めるのに楽だ」

「ありがとうございます。それではそうさせていただきます」

ホッと安堵したとき、じゃがいものポタージュが運ばれてきた。美しいカップにクリーミーなポタージュ、パセリが散らしてある。

「食べよう」

「あ、はい。いただきます」

職業柄、じっくり見てしまう。もちろん味も舌の上に載せて、どんな調味料が使われているのか考えるのも癖だ。

ポタージュは滑らかに喉を通って行き美味しい。

綾瀬先生をちらりと見れば、食に無頓着ではあるみたいだが、食べ方はさすが良家の出身だと思うほど綺麗だ。

「夜のバイトは何を?」

「……コーヒーショップです」

正直に言うのも躊躇《ためら》われて、嘘を吐く。

「帰宅するときは気をつけて。住宅街だから遅い時間は人通りが少ない」

綾瀬先生の言う遅い時間は、二十三時くらいのことだろう。

〝かれん〟からの帰宅はタクシーだ。でも、近所の人に見られないように気をつけなければ。毎日遅い時間に帰宅では、素行が悪い女が出入りしていると思われてしまう。

とりとめのない会話をしながら、和牛ランプ肉の炭火焼を食べている私たちのテーブルの横に女性が立った。

「冬貴《ふゆき》さん、いらしていたんですね」

綾瀬先生の知り合いのようだ。

女性は私より少し上のように見受けるが、ふんわりとさせたボブの髪に目鼻立ちが整った美人。服は上品なクリーム色の地にブルーの小花が散らしてあるワンピースで、持っているバッグもなかなか手に入らないといわれているハイブランド。

「ああ。君も？」

綾瀬先生はナイフとフォークを置いて、彼女を見遣《みや》る。

「はい。友人たちと」

そう話す女性は、彼と一緒にいる私が気になるようで視線を向ける。目と目が合って軽く頭を下げた。けれど、彼女は無表情のまますぐに綾瀬先生へ顔を動かし、にっこり笑みを浮かべる。

「父が、近いうちにお食事に誘いたいと言っていました」

「智美《ともみ》さん、友達が待っている」

綾瀬先生は少し離れたテーブルを顎で示す。

「あ……はい、それでは」

彼女は華奢《きゃしゃ》な首を倒してお辞儀をすると、友人たちのテーブルに戻って行く。

「食事中すまない」

「いいえ。とんでもないです」

綾瀬先生と一緒にいる私に、彼女から敵対心のようなものを感じた。彼女は彼が好きなのだろう。

綾瀬先生の対応で彼女をなんとも思っていないように見えたが、彼女にとっては私が彼とどんな関係であれ、女性を連れているので面白くないようだ。

ちょうど私から見える位置のテーブルに座っている彼女は、席に着いてから友人たちとこちらを見て、なんの話かわからないがくすくす笑っている。

感じ悪い……。

居心地悪さを覚えながら、最後のお肉を口に入れた。


車で七分ほどの、オーガニックの食材が豊富なスーパーマーケットの駐車場に車が止められた。

「急いで行ってきます」

助手席から降りようとすると、エンジンが切られた。シートベルトを外した綾瀬先生もドアの取っ手に手をかける。

「俺も一緒に行く」

「退屈かと思いますが……わかりました」

急いで行ってきますと言ったものの、食材を色々と吟味しながら買い物をしたいので、待たせてしまうかもしれないが、素直に頷《うなず》く。

一緒に歩いていると、綾瀬先生はかなり背が高いのがわかる。頭ひとつ分は高い。

スーパーマーケットに入って、野菜、お肉、お魚などを選ぶ。

品もいいが、お値段もそれなりだ。色々買いこんで綾瀬先生が会計をする。

私が食べる分は明日、もう少し安いスーパーへ行ってこよう。

レジ袋はふたつになり自分で持とうとすると、「ちょっと待て」と制される。

「俺が持つ」

「それはだめです。綾瀬先生はお医者様なんですから、重たいものを持って手に怪我をしたら大変です」

大きく首を振ってレジ袋を持とうとする私に、彼は噴き出す。

「医者だからといって、そんなやわじゃない」

そう言うと、強引にふたつのレジ袋を持ってくれる。

男性とこんな風に買い物に来たことがないので、内心ときめいてしまった。

今まで自分ひとりで、なんでもやっていたからよ。

この心臓の高鳴りをそう理由づけて、綾瀬先生のあとを追った。


お屋敷に着いて表玄関からキッチンへ歩を進める。以前聞いた祖母の話では、お屋敷は一階建てで八部屋あるそうだ。

キッチンに入り作業台に置かれたレジ袋の中を、テキパキと冷蔵庫や野菜かごに入れていく。

いったん自室に戻った綾瀬先生は、片付けを終えた頃に戻って来て、白い封筒を私に差し出す。

「食費に使ってくれ」

「あ、はい。ありがとうございます」

封筒を受け取って、祖母の鍵が入っていた引き出しにしまう。

「先生の出勤は何時でしょうか？」

「七時半に出る。そうだな、食事は七時に食べたい。和食でも洋食でも、どちらでもかまわない。必ずコーヒーを出してほしい」

「わかりました。そのように用意させていただきます」

六時に起きれば間に合うと頭の中で計算する。

「それから奈乃香さん、食事はふたり分作って君も食べるんだ」

「でも……」

戸惑う私に、綾瀬先生がふっと笑みを浮かべる。

「とみさんもそうしていたから、気にしないでいい」

「ありがとうございます。今夜もごちそうさまでした」

フレンチレストランの会計時、支払おうとしたとき「俺が誘ったのだから当然だ」と払わせてもらえなかったのだ。

「ああ。裏口にあるサンダルで家に戻るといい。それからこの家はセキュリティで夜は二十三時にセットされ、朝六時に解除される」

「セキュリティはこの家だけですか？　アルバイトで片付けをすると、その時間を過ぎることもあるので」

「この家だけだ」

胸を撫でおろし、廊下に出た。

「それでは失礼します。おやすみなさい」

「おやすみ、鍵は俺がかける」

頭を下げて挨拶《あいさつ》をして裏玄関のサンダルを借りて外に出ると、彼は戸口に立って私が祖母の家に入るのを見ていてくれた。

はぁ～、今日一日が目まぐるしかった。

お風呂を湯張りし、タンスからシーツを探し出してベッドメイクをする。

綾瀬先生の食事作りは思ったより時間を取られなさそうだ。午前中に夕食を作ってしまえば、午後は数時間なら仕事ができる。

ここに住んで食費はかからないが、私の部屋の家賃は払っていかないとならない。


翌朝、六時に目を覚まし、顔を洗って髪を後ろでひとつに黒ゴムで結ぶ。それから白のカットソーとジーンズ、シンプルなブルーのエプロンを身につける。

昨晩、お屋敷のキッチンでお米をセットしてくるのを忘れたので、祖母の家で炊いた。炊飯ジャーを持って、祖母の家を出る。

朝食は和食にした。キッチンへ入ると、さっそく小さな鍋に湯を沸かしてわかめと豆腐の味噌汁を作る。同時にシャケを焼く。

ふたつのトレイに香の物、ほうれん草の胡麻和え、納豆、シャケなどを置いた。

お弁当は白米に豚の生姜焼き、ウインナー、卵焼き、ブロッコリーとプチトマトで彩りを添えて出来上がった。

「ダイニングルームはどこだろう……」

お屋敷の中を探して回るのもと躊躇っていると、戸口に綾瀬先生が立った。チャコールグレーのスーツを着ている。

「おはようございます。朝食はできています。どちらへ運べばいいでしょうか？」

「おはよう。隣の部屋だ」

「わかりました。すぐにお持ちします。コーヒーはいつがいいですか？」

「一緒でかまわない。奈乃香さんも食べて」

お茶碗にご飯、味噌汁をお椀によそって、トレイに乗せて隣の部屋へ運んだ。

私が作った食事を初めて食べてもらうので、内心ドキドキしていて、食べる様子をうかがってしまう。作ったのはほうれん草の胡麻和えと味噌汁だけだが。

綾瀬先生はひと口、味噌汁を口にする。それから手を止め、私へ顔を向けると爽やかな笑顔を浮かべる。

「美味しいよ。旅館の朝食みたいだな。短時間で作れるのはすごい」

「ホッとしました。食に無頓……あ、すみません」

食に無頓着だけど、美味しく食べてもらえて嬉しいと言おうとしたのだ。

「いや、かまわない。アメリカではほとんど外食だったから、食べられればいいと思うようになったんだ」

「綾瀬先生なら、料理を作ってくれる恋人がいたのではないですか？」

「いないわけじゃなかったが、忙しすぎて呆《あき》れられていた」

自分が話を振ったのに、彼にすんなりと恋人がいたと認められて、ちょっと胸にモヤッとしたものが芽生える。

「あ、お弁当を包んできます」

もうすぐ七時二十分だ。

まだ食事は途中だが、椅子《いす》から立ち上がってキッチンでお弁当箱を大きな布ナプキンで包み、ファスナーのついたマチのあるバッグにしまった。

お屋敷の掃除に来る人は月曜日と木曜日。大旦那様たちが三カ月間の世界一周の豪華客船の旅へ行く前は平日の午前中だったが、今は綾瀬先生だけなので週二日になっているとのことだ。

祖母の家に遊びに来たときに掃除をしている五十嵐《いがらし》さんと会ったことがあり、九時五分前にやって来た彼女と挨拶を済ませると、祖母の家に戻った。

ざっと掃除を済ませても九時三十分を回ったところだ。

さてと、アルバイトを見つけなきゃ。そうだ、凪咲《なぎさ》にも連絡を入れておこう。

彼女の家と勤務地の幼稚園は、ここからさほど離れていない。

祖母の家の二部屋のうち、居間として使っている部屋には二人掛けのソファがあり、そこに座ってスマートフォンで凪咲にメッセージを送ったあと、求人募集をしているカフェを探す。

ここから徒歩十分ほどの時間応相談のカフェが二件見つかって、面接の予約をするが、ひとつのカフェはすでに求人が終了していた。

残りのカフェの面接は今日の十五時になり、履歴書を書く。

昼食は、祖母の家の冷蔵庫に入っていた賞味期限間近の焼きそばを作って食べてから、綾瀬先生の夕食を作りにお屋敷へ行く。

メニューはマカロニサラダにレタスとプチトマトも添え、イワシの梅煮、メインをチキンソテーにした。

お皿に盛りつけてラップをし、サラダは冷蔵庫に入れる。

メモに【マカロニサラダが冷蔵庫に入っています】と書き、トレイの上に置いた。

個人経営のカフェレストランの面接をして、明日から働くことになった。時間は十一時から十五時の四時間のアルバイト。〝かれん〟の出勤までの間、休息時間が持てる。カフェレストランはそれほどテーブルが多いわけではないが、ランチをやっているので忙しいらしい。仕事はウエイトレスと手すきのときは、調理補佐や皿洗いもすることになる。

家政婦代理のお給料は驚くことに祖母に渡していた給料の金額のままだと言う。しかし、そのお金は祖母にそっくり渡すつもりだ。

祖母の家に戻ると、凪咲からスマートフォンにメッセージが入っていた。事情があって仕事を退職したところへ祖母が入院をし、しばらく祖母の代わりに家政婦として料理を作ることになったとメッセージを送っていたので、凪咲からは【日曜日に会える?】と書かれていた。

日曜日のランチの約束をして、スマートフォンをバッグにしまった。

電車で〝かれん〟に出勤して、衣装に着替える。今日はラメの入ったグレーの膝丈のストンと真っすぐのラインのドレスだ。オフショルダーで、髪は咲《さき》さんがハーフアップにしてくれた。

支度を済ませて控え室にいると、咲さんが呼ばれて私がヘルプにつく。

ここで働いて三カ月が経った。時々お客様の指名が入るが、ヘルプでお酒を作る方が性《しょう》に合っている。

道人《みちひと》さんが来なければいいのに。

毎回願っているが、いつも月曜日は来店するので、今日もきっと現れるだろう。

「凛《りん》さん、田中《たなか》先生のお酒をお願いね」

咲さんに言われてハッとする。

「申し訳ありません。今すぐに。失礼いたします」

田中先生のグラスを引き下げて、お酒を作る。

「凛さんは、透明感のある美人さんだな。そう思わないか、岸本《きしもと》君」

恰幅のいい田中先生は代議士で、岸本さんは先生の秘書だと聞いている。田中先生は黒髪に染めていて若々しいが、生きていたら父と同じか少し上くらいだろう。

「そうですね。派手なドレスを着ていても清楚な雰囲気《ふんいき》ですね」

お酒を作り終えて、田中先生の前のコースターを替えてグラスを置く。

咲さんがにっこり笑う。彼女が笑うと妖艶《ようえん》な雰囲気になる。

「凛さんは綺麗だけでなく、とても奥ゆかしいんですよ。まだ働き始めて三カ月ほどですが、どうぞよろしくお願いいたします」

「いや～、私には君が一番だよ」

田中先生は参ったというように手を後頭部にやって苦笑いを浮かべた。

そこへ黒服スタッフが別のホステスを連れてやって来た。

「失礼いたします。凛さん、ご指名です」

「……わかりました」

田中先生と岸本さんに挨拶をして立ち上がると、代わりに黒服スタッフが連れて来たホステスが座る。

指名したのは誰なのか聞かなくてもわかっている。内心、嫌で仕方がないが、黒服スタッフが示す席に向かう。

いつものテーブルに着いていたのは、案の定、道人さんだ。ふんぞり返るようにしてソファに座っている。

「いらっしゃいませ」

「座れよ」

自分の隣を示され「失礼いたします」と座る。

先に飲み物を伝えていたようで、今日は国産でなかなか手に入らないウイスキーのニューボトルをトレイに乗せた黒服スタッフがやって来た。

「西村《にしむら》様、いつもご来店ありがとうございます」

黒服スタッフが挨拶をして、私の近くにお酒を作るセットを置いて立ち去る。

彼はウイスキーを氷と炭酸水で割るのが好きだ。手際よく用意して、彼の前に置く。

「どうぞ。西村様」

「名前くらい呼べよ」

そう言って肩に腕を回し、私を自分の方へ引き寄せる。

「俺と結婚すれば、こんな苦労しなくても済むのに」

耳元で囁《ささや》かれて、背筋がぞわっとして鳥肌が立つ。

「苦労してでも、ちゃんと返済しますから」

慌てて彼から体を離して、きっぱり言う。

「まだかぁ～、でもこうやって一緒にいられる時間があるから、俺は凛ちゃんが心を決めるまで待てるよ」

黒縁の眼鏡をくいっと上げてニヤリとしてから、グラスを口にした。

タクシーで綾瀬家の裏門に到着し、静かに施錠を解除し祖母の家へ歩を進める。今日はやたらと道人さんにお酒を勧められて、足元がフラフラしているし、胃がムカムカしている。

それでも理性はしゃんとしていて、静かに鍵を開けて室内へ入った。

ホッとしたせいか、吐《は》き気が込み上げてきてトイレに駆け込む。

「ううっ……」

胃の中の物を出して少し気分が良くなった。

のんびりしていられない。時計を見れば一時三十分を回っている。お風呂に入って、明日の朝食のために寝なければ。

「おはようございます」

ダイニングテーブルに朝食を用意し終えたところで、綾瀬先生が現れた。

「おはよう」

彼の視線が私の顔を注視して、困惑する。

「顔色が悪いな」

「ま、枕が変わって眠れなかっただけです。召し上がりください」

今日のメニューはトーストとベーコンエッグ、コーンスープ、サラダにヨーグルトだ。もちろん落としたてのコーヒーもある。

綾瀬先生は席に着いて、コーヒーをひと口飲んでからトーストをかじる。

私も椅子に座って、コーンスープをスプーンですくって飲む。

「ところで、昨日は何時に戻って来たんだ？」

その言葉にドキッと心臓を跳ねさせる。

「えーっと、後片付けをしていたので十二時を過ぎていたと思います」

今朝、キッチンへ入ったらお皿が綺麗に洗われていたのを思い出した。

「あの、食べ終わったお皿は片付けないでください。私の仕事ですから」

「気にしなくていい。とみさんのときもそうしていたから」

ふと高齢の祖母は、この家の家政婦として迷惑をかけているのではないかと思った。

「奈乃香さん、弁当も夕食もうまかったよ」

「そう言っていただけて良かったです」

「手を出してくれないか？」

「え？」

ベーコンエッグを切っていた私はキョトンとなって、綾瀬先生へ顔を向ける。

「脈を取らせてくれ。顔色が気になる」

「寝不足なだけで、体調は悪くないです。あ、お弁当を包んできます」

すでにお弁当の用意は終わっているが、立ち上がってキッチンへ引っ込んだ。


綾瀬先生は私に関心はないだろうが、毎日遅い帰宅がバレないように裏門に到着すると、こそこそ家に入る。

ドキドキしてしまうから、それが心臓に負担が掛かっているのもわかる。

カフェの仕事は目まぐるしく忙しいが、ホステスより気が楽で楽しい。


「穂乃香！　待たせてごめん」

待ち合わせのカフェレストランに凪咲がやって来て、顔の前で両手を合わせる。

「そんなに待っていないよ。座ってっ！」

彼女は私とランチをしたあと、彼氏と会う予定なので、いつも会うときよりおしゃれをしている。

フェミニンなワンピースの凪咲に引き換え、私はいつもと同じ白いカットソーにジーンズだ。家からあまり服を持って来ていないので、限られた服装になる。

凪咲と会うのは十二月の串揚げを食べに行ったとき以来だ。

「穂乃香、おばあちゃんの具合はどう？」

「高齢だから、骨折箇所はあまり良くなっていないみたい。痛みも結構あるみたいで」

昨日の土曜日も様子を見に行ったが、今日も凪咲と別れたら病院へ行くつもりだ。

「色々聞きたいけれど、まずはオーダー済ませちゃおうか」

凪咲がメニュー表のひとつを私に渡す。私たちはガレットのランチセットと美味しそうないちごのミルフィーユのケーキを頼んだ。

「それで、どうして仕事を辞めたの？」

凪咲の問いに、今まであったことを話した。

私の話を聞いていた凪咲は怒りをあらわにした。

「そんな話ってある？　酷すぎるわ！　それにその息子、気持ち悪いわ。お父さんの会社の弁護士に立ち合わせれば、なんとかなったかもしれないのに」

それも考えなかったわけではない。しかし、借用証書の件では以前に弁護士から聞いていたので、諦めてしまったのだ。

悲しい顔になった凪咲に私は笑う。

「そんなしんみりした顔をしないで。ホステスって信じられないくらいお金をもらえるの。頑張れば二年半くらいで返せるから心配することないわ」

「穂乃香のような人がホステスだなんて、胸が痛いわ」

「みんな良い人だから助けられているわ。安心して。あ、ガレットが来たわ。美味しそうよ」

店員が運んできたガレットを、ナイフとフォークを使って食べ始める。

「凪咲、彼のことを話して。うまくいってる？」

「うん、まあまあ」

「まあまあ？　もっとのろけてよ。もう私の話はおしまい」

彼女は優しいから、自分が幸せそうなところを私に見せるのを躊躇《ちゅうちょ》しているのだろう。

私が聞き出すと、凪咲は彼の家へも遊びに行ったそうだ。彼は実家暮らしなので、相手のご両親にも挨拶したと言っていた。

この分では、凪咲の結婚は早いような気がすると思いながら聞いていた。

「おばあ……ちゃん、綾瀬先生もいらしていたんですね。ありがとうございます」

病室に入って目に入ったのは、ベッドの横に立つ綾瀬先生だった。

祖母はまだ足を固定されているので、会うたびに同じ格好だが、床《とこ》ずれができないように看護師さんが動かしてくれているようだ。

今日は少し体を起こしている。

「奈乃香、冬貴様がお前の料理が美味しいと言ってくれてるよ」

「……それは良かったです。あ、おばあちゃんの好きな練り切りの和菓子買って来たの」

ショッパーバッグから出そうとして、同じショッパーバッグが台の上にあることに気づいた。

「おや、お前もかい。冬貴様も買って来てくれたんだよ。そんなに食べられないから奈乃香は持ち帰って食べなさい」

お土産がかぶるなんて……。やはり綾瀬先生は私以上に祖母のことがわかっているのかも。

「奇遇だな」

綾瀬先生も苦笑いを浮かべている。

「ですね。おばあちゃん、じゃあ私が食べるね」

「ああ。ありがとうね」

「とみさん、俺はこれで」

「はい、顔を見られて嬉しかったですよ」

祖母は明るい笑顔で綾瀬先生を見送った。

「おばあちゃん、いただいた練り切りを食べる？」

「美味しそうだね。いただくよ。寝てばかりいるから、楽しみと言ったら食べることしかなくてね」

「早く治るといいね」

菖蒲《しょうぶ》の花の薄紫で作られた練り切りと入っていた黒文字を渡す。

祖母は四分の一に黒文字で切ると、そのひとつを口に入れた。

六、契約結婚の関係

五月に入り、ポカポカ陽気で過ごしやすくなった。生活のリズムもできて慣れてきたが、借金を早く返したいがために働きすぎて体調は思わしくない。

心臓の定期健診が中旬にあるので、カフェレストランを休んで行く予定になっている。

金曜日、お屋敷のキッチンで朝食の準備をしていたが、動悸が激しくなって目がチカチカしてきて、その場にしゃがみ込む。

やっぱり無理がたたっちゃったかな……。

早く治まるように願いながら目を閉じていると――。

「どうした!?」

綾瀬《あやせ》先生の驚いたような声が聞こえ、両肩に手が置かれた。

「だ……いじょうぶ、です。立ちくらみで……すぐに朝食の用意をします」

「何を言ってるんだ」

作業台に置いた鍵の金属音が聞こえた次の瞬間、私の体が浮く。

「あ、綾瀬先生！」

「黙ってろ」

まだ眩暈《めまい》がするため抵抗もできずにいると、彼は裏玄関から出て、祖母の家の鍵を開けて中へ入った。

私を抱き上げたままベッドに近づくと、静かに下ろす。

床に膝を突いた綾瀬先生は私の手首を掴《つか》んで脈拍を測り、顔を顰《しか》める。

「いつから調子が悪い？」

「いつからって、今朝ですよ。少し休めば大丈夫ですから」

大学病院の事務所のときのように、目の下を診ている。

「眩暈を侮《あなど》ってはいけない。今日病院へ行ってくるんだ」

大丈夫と言い張れば、綾瀬先生自身に診察されそうだ。

「わかりました。行ってきます。もう朝食を召し上がってください。キッチンに出来上がっています。お弁当も」

「必ず行けよ。それと、今夜は約束があるから夕食はいらない」

「はい」

綾瀬先生は、しばらく横になっているようにと念を押して出て行った。

カフェレストランのアルバイトを休むことに躊躇《ちゅうちょ》する。ランチに人気があり、あの忙しさを考えると休みにくい。

少し休めば大丈夫……。

眩暈がなくなったところで朝食をとり、アルバイトに出かける時間まで横になった。

心配をしてくれた綾瀬先生に対して後ろめたく感じるが、だいぶ眩暈やだるさも良くなったことに安堵し、アルバイトへ行く支度をして向かった。

カフェレストランのアルバイトを終わらせたら、今度は〝かれん〟へ出勤だ。

金曜日ということもあって、開店時からお客様がたくさん来店している。

昨日、道人《みちひと》さんは来店しなかったが、今日は……。

来ないことを祈るしかない。

開店から二時間後、道人さんの姿はない。接客を一組終わらせて咲《さき》さんと控え室にいると、黒服スタッフが現れた。

「咲さん、ご指名です。マリ恵《え》さん、凛《りん》さんヘルプでお願いします」

「はーい」

咲さんは嬉《うれ》しそうに返事をして、私たちに「よろしくね」と言って控え室を出る。

今日の彼女はワインレッドの胸が大きく開いたロングドレスを着ていて、フロアに出るとその場が華やかな雰囲気《ふんいき》になる。

私はライラックのドレスを身につけている。ホルターネックで胸元は見えないが、スカートが短くて座ると太腿の真ん中あたりまでくる。

出勤してカレンママに挨拶《あいさつ》したときに、可愛いドレスが入ったからこれを着なさいと渡されたのだ。接客中、短めのスカートに気をつけていなければならない。

咲さんを指名したお客様は店の特別席に座っていた。二人掛けソファがL字になっており、反対側にスツールが三つ置かれている。

二人掛けのソファにひとりずつ座っていて、ひとりは白髪交じりの眼鏡をかけた初老の男性、もうひとりは後ろ姿だが艶《つや》やかな黒髪で、連れの男性より若いようだ。

「小石川《こいしかわ》理事長、いらっしゃいませ。首を長ーくしてお待ちしていましたわ。失礼いたします」

咲さんは、小石川理事長と呼んだ初老の男性の隣へ優雅な所作で腰を下ろす。

私の前にいる人気ナンバー5のマリ恵さんが笑顔で進み出て、「マリ恵と申します。失礼いたします」と口にし、ふたりに名刺を手渡して、もうひとりの男性の席に着く。

ふたりが着席し、私も前へ出て「凛です。よろしくお願いいたします」と顔を上げたとき、腰を抜かしそうになった。

顔が見えなかった男性は綾瀬先生だったのだ。心臓が止まりそうになるくらいに驚いた。

彼は無表情で私を見つめている。

ど、どうして、こんな偶然があるの……？

「凛さん、お名刺を渡しなさい。小石川理事長は医師会で理事を務めている方だから、顔をよく覚えてもらうといいわ」

咲さんが茫然となっている私に優しく声をかける。

「とても素敵《すてき》な方で、凛さん驚いているのよね？」

マリ恵さんも私に言ってから、綾瀬先生に微笑《ほほえ》みを浮かべる。

「凛……です。失礼いたします」

名刺を小石川理事長に受け取ってもらってから、綾瀬先生にも差し出した。周りの人にはわからないが、私には彼から怒りのようなものを感じ取れる。

家で休んでいると思っていたら、こんなところでホステスとして働いているのだから無理もないが。

綾瀬先生は名刺を受け取り、テーブルの上にマリ恵さんの名刺に重ねて置いた。

スツールに腰を下ろし、お酒を作る。その間、咲さんとマリ恵さんは世間話で場を盛り上げる。お酒を作りながらも、綾瀬先生の視線が気になる。

「お待たせいたしました」

四人にお酒の入ったグラスを配り終わったとき、黒服スタッフがチーズとフルーツの盛り合わせを運んできた。

「咲ちゃん、彼は綾瀬君だ。私の教え子で、アメリカ帰りの凄腕の持ち主だ」

「まあ、何科のお医者様なのでしょう?」

マリ恵さんが可愛く首を傾《かし》げると、真っすぐなブラウンの髪がサラリと反対側に流れる。

「綾瀬君は心臓外科医だ」

「綾瀬先生はモデルのような美しいお顔をしていらっしゃるのに、著名な先生なんですね。素敵です」

マリ恵さんは綾瀬先生を気に入った様子だ。

それは無理もないと思う。けれど、綾瀬先生はほとんど口を開かない。

私はこの場にいるのが居たたまれず、水滴がついたテーブルを拭《ふ》いたりしている。

今日夕食はいらないと言ったのは、ここへ来るからだったのね……。

はぁ……。夜はカフェでアルバイトをしていると嘘《うそ》を吐《つ》いたので、次に顔を合わせたときが怖い……。

小石川理事長がゴクゴクとお酒を半分ほど飲んでから口を開く。

「マリ恵ちゃん、彼はうちの娘の婿候補だから、魅力をふりまかないでくれ」

綾瀬先生の膝の上に手を置くマリ恵さんに、小石川理事長は愉快そうに笑う。

婿候補……。

思わず綾瀬先生を見てしまうが、彼は否定もせずに目の前のグラスを手に取った。

「そうなんですね。とても残念です」

「娘と結婚し、うちの病院の次期院長になってもらおうと思っているんだよ。綾瀬君は麻布《あざぶ》の旧家の御曹司だから大学病院の給料でもまったく問題ないようだが、彼のような素晴らしい医者は、それ相応の対価が必要というもんだよ」

「まあ、小石川総合病院の。以前、お嬢様のお写真を見せていただきましたが、とても綺麗《きれい》な方で。綾瀬先生とお似合いですわね」

咲さんは話を合わせるけれど、マリ恵さんは綾瀬先生の顔に魅せられたみたいな目になっていて、話に加わらない。

会話が尻切れトンボにならないように、咲さんの目配せが私に向く。

「将来の次期院長、素敵ですね」

そう言った途端、綾瀬先生の涼やかな目が細められる。その視線にドキッと心臓が跳ねる。

そこへ、大輪のバラが施された着物を身につけたカレンママが現れた。

「小石川理事長、本日のご来店、誠にありがとうございます」

「ママ、座ってくれ。相変わらずの美しさで見惚《みと》れてしまうよ。ママも飲みなさい」

カレンママは上品に微笑み、スツールに腰を下ろす。

「お世辞でも嬉しいですわ。小石川理事長も変わらぬ男前でいらっしゃいますこと。今日は素敵な先生をお誘いくださったのですね。ありがとうございます。うちの子たちが仕事にならないくらいに色めきたっていますわ」

気がつかなかったけれど、ホステスたちは接客中にもかかわらず、綾瀬先生に視線はくぎ付けみたいだ。カレンママは必要以上の声を上げたので、周りにいるホステスたちをたしなめているのだろう。

カレンママのお酒を作り終え、ふと視線を感じて顔を上げた先に、綾瀬先生がスカート部分へ視線を向けているのに気づく。彼の視線はお客様と違って、いやらしさの欠片もうかがえない。

短すぎると思っているのかも……。

でも、咎《とが》められる筋合いはないわ。

開き直って、綾瀬先生に笑みをふりまく。

「綾瀬先生、もう一杯お作りいたしますね」

彼のグラスを引き下げて、氷を入れてウイスキーと水を注ぐ。出来上がると、マリ恵さんがグラスを取って、綾瀬先生の前に「どうぞ」と至極丁寧に置いた。

そこへ黒服スタッフがやって来て、私に耳打ちする。

「西村《にしむら》様がお越しです」

「あ……わかりました」

この席にもいたくないが、道人さんのテーブルに着くのも敬遠したい。しかし、それはできない。

「小石川理事長、綾瀬先生、失礼いたします」

お辞儀をしてそのテーブルから離れる。

黒服スタッフに案内された席は、綾瀬先生のテーブルから対角線上にあり、道人さんの隣に座ると、ちょうど綾瀬先生の姿が見える位置になる。

七メートルほど離れているが、目と目がバチッと合ってしまう。

「あの客、お前のこと見ているぞ」

道人さんは、私が綾瀬先生のテーブルにいたときからずっと見ていたようだ。

「そうですか？　気のせいです。西村様、今日のお飲み物はいかがいたしますか？」

尋ねる最中、道人さんは私の短いスカートへ視線を向けている。一度、軽く腰を上げて、スカートの生地を伸ばすようにしてから腰を下ろした。

「今日はいつも以上の最高級のスパークリングワインがいい。あるか？」

あるか？　と聞いたのは、そばに来た黒服スタッフにだ。

「はい。ございます」

「じゃあ、それを持って来てくれ」

「かしこまりました」

道人さんの横柄な態度にも、黒服スタッフはにこやかに笑みを向けて、その場を離れる。

今日の道人さんはいつも以上に上機嫌で、私の髪をひと房手に取って弄《もてあそ》んでいる。

触れられるのが嫌で、沸々《ふつふつ》と込み上げてくる払いのけたい思いと戦っている。

「お待たせいたしました」

黒服スタッフが戻って来て、その場でスパークリングワインの栓を勢いよく開けると、丈の長いグラスに透明感のある金色の液体を注ぐ。

「凛、今日はお前にプロポーズしに来たんだ」

「ええっ!?」

ギョッとなって、目を見開く。

道人さんはせせら笑っていて、真剣さはうかがえない。

「それは困ります」

「いい加減、こんな仕事辞めて俺と結婚してよ。そうすれば苦労しないで済むのに」

そう言って彼は、隣に置いていたショッパーバッグから四角い小さな箱を取り出して開けた。中にはダイヤモンドの指輪が入っており、道人さんはそれを摘まんだ。

「左手を出して」

は？　この人の脳内はどうなっているの？

「ほら、早く」

「止めてくださいっ、嫌です！」

思いのほか声が大きくて、静かに談話していたフロア一帯が静まり返った。こちらに向けられた視線も感じる。

注目されてしまい、道人さんの顔が怒りを堪《こら》えるため赤みを帯びていく。

「まあまあ、凛ちゃんったら、何を大きな声を出しているの？」

カレンママが私たちのテーブルに姿を見せる。

「……申し訳ありません」

「西村様、こんな場所でプロポーズはロマンチックではありませんわ。凛ちゃんが拒絶するのも無理はないですわ」

麗《うるわ》しい笑みを浮かべるカレンママに、道人さんの表情が柔らかくなった。

「そうだった。性急すぎたよ。ロマンチックな場所を設けて、もう一度プロポーズしよう。ママ、乾杯しよう」

「ありがとうございます」

対面のスツールに腰掛けたカレンママは、すかさず黒服スタッフがスパークリングワインを入れたグラスを持つ。そして着物の袖を軽く押さえて掲げる。

カレンママの助けで今は回避できたけれど……。借金を盾に私を思いどおりにしようなんて、絶対にできないんだから。

「凛ちゃん、グラスを持って」

「あ、……はい」

グラスを持って軽く掲げた私の目の端で、綾瀬先生が立ち上がったのがわかった。

小石川理事長も立ったので店を出るのだろう。

次に顔を合わせたとき、何を言われるのか……。変な場面も見せてしまったし。

憂鬱《ゆううつ》な気分だ。

「西村様、いただきます」

カレンママの声でハッとなって、私も続いて「いただきます」と口にした。

「ママ、凛の戸惑った表情も俺には可愛くてたまらないんだよ」

「凛ちゃんは綺麗ですものね。そう思われるのも頷《うなず》けますわ」

その夜、カレンママはお客様が来店されるたびに挨拶に席を外すが、すぐさま戻って来て、潤滑剤の役目になってくれた。

道人さんが帰って行ったのは二十四時過ぎ。今日はスパークリングワインからウイスキーになって、かなり飲んでいたから足元がおぼつかない。

「大丈夫ですか？」

触れられるのも嫌なのに、まともに歩けない道人さんを肩で支え、反対側には黒服スタッフがいて三人でビルの外に出ると、手配したタクシーが待っている。

「りん、ちゃん、いっしょに、のろ……うよ」

「ご来店ありがとうございました。お気をつけておかえりください」

タクシーの後部座席に座らせると、グイッと中に引き込まれそうになった。

「きゃっ」

手首を強い力で掴《つか》まれたが、なんとか引き離して擦る。

黒服スタッフがタクシーの運転手に彼の住所を書いたメモを渡す。

「りん、ちゃーん」

「おやすみなさいませ。ドア閉めてください」

座席に着いた運転手に伝え、ドアが閉まった。

タクシーが走り去り、大きく息を吐いた。

「凛さん、大変ですね」

黒服スタッフに同情の目を向けられる。

今までしっかり意識を保つように気を張っていたが、ホッとして一気に酔いが回ってくる。体調が良くないのにたくさん飲まされてしまったので、吐き気がしてきた。

店に戻って控え室へ入った私に、咲さんが近づいてきた。

「凛さん、大丈夫？　顔色が悪いわ。水を持ってくるわね」

私をソファに座らせ、冷蔵庫からミネラルウォーターのペットボトルを手にして戻って来る。

「はい」

「ありがとうございます」

キャップを開けて水を流し込む。

「あんなところでプロポーズだなんて、酷《ひど》いわね」

「……好きな人だったら悲しいですが、ぜんぜん酷いって思いません。むしろ、人のいるところだったので安心感がありました」

道人さんは人前なので、無下《むげ》に断られないと思ったのかもしれない。

リングの入ったショッパーバッグは、帰り道になくさないよう店で預かっている。

もう二度とプロポーズされたくないが。

「たしかにそうよね。あ、カレンママがもう帰っていいって言っていたわ。あと三十分で閉店だしね。お疲れ様」

「はい。お疲れ様でした」

咲さんは更衣室へ入って行った。

少し休んで着替えをして店を出る。

まだプロポーズの件では憤《いきどお》りが収まらない。彼との結婚が嫌でこの仕事をしているのに。

お店でプロポーズされると、相手がお客様だけに酷い言葉も投げつけられない。それが、道人さんの作戦だったようにも思えるけれど、カレンママが機転を利かせてくれたので助かったわ。

本当に、彼は非常識な人だ。

必要以上に神経を使ったのとアルコールのせいで、頭がボーッとしている。

そんなことを考えながらビルを出たところで突然、腕が掴まれた。

「きゃーっ！」

「俺だ」

低すぎない落ち着いた声がして仰ぎ見た先に、綾瀬先生の美麗な顔があった。

「綾瀬先生……」

会うとしても月曜日の朝だと思っていたので、問い詰められる答えの準備ができていない。

「帰るぞ」

「い、言われなくても帰ります」

綾瀬先生はすぐ近くに【送迎】と表示が出ているタクシーに近づく。

ドアが開き、後部座席に座るよう彼に促されて乗り込み、綾瀬先生が隣に座った。

綾瀬先生の服装が先ほどと変わっていることに気づく。スーツからカジュアルな紺のジャケットとジーンズになっている。

いったん自宅に戻ってから、わざわざ戻ってきたの……？

「どうして来たんですか？」

「聞きたいことがあるからに決まっているだろう」

「嘘を吐いていたことは謝ります。ホステスをしているのが恥ずかしかったから、黙っていただけです」

「知りたいのはそれだけではない。あの男のことだ。俺が納得できるような言い訳をしてみろよ」

挑戦的に言い放たれる。

道人さんの……こと？　プロポーズされていたことは店内中に知られているところだ。でも、綾瀬先生には関係ないのに。

「明日の朝ではだめですか？」

頭が働かないのに、彼の納得する説明ができるかどうかわからない。

「だめだ」

「だめだって……、怒られる理由がわかりません」

「怒ってはいない。家に着いたら話をしよう」

そう言って、綾瀬先生は腕組みをして目を閉じてしまった。


十分後、タクシーはお屋敷の裏門につけられた。

時刻は一時を回っている。

支払いを済ませ、先に降りた綾瀬先生は門扉を開け、私を通すとあとからついてくる。

裏門にタクシーをつけたということは、祖母の家で聞くのだろう。

考えが変わって、話は明日でいいという雰囲気はない。ちゃんと話を聞くまでは納得してもらえなさそうだ。

覚悟を決めて祖母の家の玄関の施錠を解除して中へ入った。

居間の二人掛けのソファに腰を下ろした綾瀬先生の前の畳に、座布団をずらして座ろうとした。

「こっちでいい」

腰を浮かした彼は私の手を掴み、自分の隣に座らせた。

ち、近い……。

女性ふたりが座れば余裕のあるソファも、見事な体躯の綾瀬先生の隣では太腿が触れてしまう。

お客様では心臓がドキドキすることなんてなかったのに、今は触れた瞬間、電気が走ったようになって、はじかれたように立ち上がった。

「私はこっちで」

ソファから一メートルほど離れた座布団に正座した。

まるで教師に叱《しか》られている生徒みたいなシチュエーションだ。それが綾瀬先生にもわかったのか、ふっと笑みを漏《も》らす。

「まあいい。ホステスの仕事は、奈乃香《なのか》さんにはあっていないように思えるが？」

そう言われてしまうと、ホステスの仕事が好きだから……と言うのは無理があるだろう。借金なんて恥でしかないから話すのも躊躇われるが……。

「……亡くなった父の借金を返すためです」

「お父さんが借金を？」

「はい。わ、妹の手術費用や、運送会社を起業したときの借金が当時六千万ありました。父の友人から借りていて、事故後、生命保険などで四千万は返済したあとは、少しずつ返していて、残りは千五百万です」

ホステスで働いた四カ月間で二百万返済に充てられた。

「そんなことが……。残りは千五百万。それでホステスか……」

綾瀬先生は顎を指で触れ、神妙な面持ちになった。

「管理栄養士の仕事では年に百万を返すのが精いっぱいで、今まで三百万は返せたのですが、去年の十二月に返済で父の友人の会社に赴《おもむ》いたとき、息子の……あ、さっきの人です。プロポーズしていた」

「ああ……最低な男だったな」

コクッと頷いて、ため息を漏らす。

「息子と結婚すれば借金は帳消し、それが嫌ならばホステスで稼いで早急に返してほしいと突きつけられて」

「亡くなったお父さんの友人は悪徳代官のようだな。息子を見ればわかるが。甘やかされて育ったようだ。その約束を守らなくても良かったんじゃないのか？」

綾瀬先生は苛立ちを見せる。

「父が借金をしたとき、先方の希望次第で返済しなくてはならない旨が書かれてあったんです」

「とみさんは知らないのか？」

「話していません。援助を頼むことはできませんでした。祖母が動けなくなった場合、施設に入らなくてはならないですし、その資金を頼むことはできませんでした」

祖母は、ゆくゆくは老人介護施設で余生を楽しむと言っていた。

「君って人は……」

家族が亡くなってから、誰にも頼らずに生きてきていたので、同情の目を向けられると目頭が熱くなっていく。

「綾瀬先生の知りたいこと、これがすべてです」

「体調が戻ったようだが、無理はいけない」

「わかっています」

「またあの男は君にプロポーズをする気だろう。ずいぶん羽振りがいい男だったな」

綾瀬先生は長い足を組み直す。何気ない仕草なのに、そのビジュアルのせいで心臓が高鳴る。

「日本橋《にほんばし》にある輸入品を扱っている中小企業なんですけど、父の友人は社長で、彼は専務取締役です。たしかに羽振りは良くって、週三回ほど来店して私を指名して大金を使います」

「あの店は相当な稼ぎがなければ、週三回もいけないだろう」

「お店は彼の父親の紹介なんです。カレンママや皆さんが良い方で、右も左もわからない私を受け入れてくださいました」

「店を紹介したのは、相手にされない息子が唯一君に会えるからか。間違っていないよな？」

「そうだと思います」

「わかった」

綾瀬先生がソファから立ち上がるのを見て、私も腰を上げた。

「明日の仕事は？」

「夜だけです」

何気なく口にした瞬間、前を歩いていた彼が振り返る。

「夜だけ？　どういうことだ？　管理栄養士の仕事は辞めたと言っていただろう？」

「あ……ホステスの仕事は返済分で、生活費を稼ぐために十一時から十五時まで近くのカフェレストランでアルバイトを……」

綾瀬先生は眉間に皺を寄せている。まるで怒っているかのような表情だ。

「その上、俺の食事を？　働きすぎだ。体調が悪くなるのも無理はない」

「休む時間もありますし、管理栄養士として働いていたときよりも体は楽です」

「……明日の朝食はいらない。病院の売店で買うから。ゆっくり休むんだ」

「でも……」

綾瀬先生は何も言わずに出て行った。

なんとか、わかってもらえたのかな……。

本当のことを話せた安堵から、どっと疲れを感じる。

「お風呂に入って寝なきゃ」

すぐにでもベッドで眠りたい気持ちを堪えて、お風呂場へ向かった。


翌日の土曜日。

目覚まし時計を十二時にセットして眠ったおかげで、鳴るまで熟睡していた。

けたたましくなる目覚まし時計のスイッチを押して、上体を起こす。

「眠れるものね」

ベッドに入ったのが二時半だったから、十時間近く爆睡だった。

こんなに眠ったのは久しぶりで、スッキリしている。

もう少し薄手の洋服を取りに自宅に行って来ようかな。

そんなことを考えながら顔を洗い歯磨きをして、洗濯機を回す。それから掃除機をかけて、キッチンへ入った。

そこへ、ソファに置きっぱなしのスマートフォンが鳴った。

急いで近づいてスマートフォンを手に取ると、見知らぬ番号だ。

着信音は鳴りやまず、仕方なく通話をタップする。

「もしもし……？」

《俺だよ、俺》

声ですぐわかったが、道人さんだ。俺だよ、俺って……。

「はい」

《まったく電話でも冷たいんだな。俺は結婚を諦めてないから。凛の頭がおかしくなるくらいに毎日プロポーズする。凛を俺の物にする》

そんな行為、ストーカーじゃないっ！

「私は絶対にあなたとは結婚しません！」

《もうね、俺の性欲たまりすぎちゃってんだよね。今まで我慢していたけどさ、店に

行ったら触れるからな。ママにも黙認してもらう。あそこは大金を積めばなんだってOKなんだよ》

え……？

《帰り道にも注意しろよ。じゃあな、凛》

通話が一方的に切れた。

どういうこと？

道人さんの言葉を思い返すと、ブルッと寒気が走り、スマートフォンを持つ手が震えている。

〝かれん〟にいたら、あの男の思いどおりになってしまう。

どうしたらいいのかあれこれ考えてみたが、結論なんて出なかった。

胃がキリキリと痛い。神経性のものだろう。昨日は夕方に軽く食べたきりでおなかも空いている。

何か食べてから考えよう。

昨晩、寝る前に仕込んでいた卵液に浸したフランスパンの入ったバットを冷蔵庫から出す。フライパンにバターを落とし、卵液を吸ったフランスパンを入れて焼き始める。

美味しそうな焦げ目もできて、火を止めたところへ玄関のインターホンが鳴った。

来客の予定はなく、怪訝《けげん》に思ったところで、

「俺だ」

玄関の向こうから綾瀬先生の声が聞こえてきた。

「あ！　はいっ」

ドアを開けると、スーツのモデルのような綾瀬先生が立っていた。

「お仕事じゃ……？」

「もう行ってきた。話がある」

「話……。どうぞ」

部屋に入ってもらったところで、綾瀬先生はクンと鼻を利かせる。

「いい匂いだな」

「フレンチトーストを作っていたんです。よければ、いかがですか？」

「奈乃香さんの分が少なくなるんじゃないか？　俺は家の冷蔵庫をあさってくる」

「そんな、すぐ食べられるものなんて入っていませんし」

たしかに私ひとりでは余りそうなくらい作ってしまったけれど、綾瀬先生には物足りないだろう。

「少し待っていてもらえますか？　ピザトーストの材料があります」

「ありがとう。では、着替えてくる」

「はい」

綾瀬先生は着替えにお屋敷へ戻った。

話って、なんだろう……。

綾瀬先生の話も気にかかっているが、目下、あの男の言葉で不安に駆られている。

複雑な心境でトマトや玉ねぎをスライスし、トーストに一昨日作ったトマトソースを塗って、その上に野菜を置く。

一センチ幅に切ったベーコンも散らして、チーズをかけて焼く。

フレンチトーストはもう一度低温で温め、ふたつの皿によそう。

「あ、コーヒー」

しかし祖母の家にはインスタントしかない。

「ないよりマシかな」

マグカップにインスタントコーヒーの粉を入れて、それから一分も経たないうちに、綾瀬先生が戻って来た。

ちょうどオーブントースターが出来上がりを知らせたところだ。

「出来上がりました。どうぞ座ってください」

居間の座卓に着いた彼の前にマグカップを置く。

「インスタントしかなくて、すみません」

「かまわないよ。医局ではインスタントを飲んでいる」

「コーヒーメーカーじゃないんですか？」

「ああ。いつの間にか時間が経ってコーヒーが不味くなるから、変更したと聞いた。落としている時間ももったいないしな」

なるほど、と頷く。

「フレンチトーストにはメープルシロップをかけてくださいね」

シロップの瓶を彼の方にやる。

「美味しそうだ。いただきます」

「どうぞ」

綾瀬先生は美味しそうにチーズが蕩けたピザトーストにかぶりつく。

着替えてきた彼はクリーム色の薄手のニットに黒のチノパンで、まくった袖から口へ運ぶたびに動く腕の筋肉につい注視してしまう。

十時間以上、手術室にいることもあると、看護師の理香《りか》さんが話していたことがある。

「食べないのか？」

「え？　た、食べます！」

視線をピザトーストに移して、パクッとかじる。

「よく眠れなかったのか？」

綾瀬先生の言葉に、にっこり笑って首を振る。

「いいえ。ついさっきまでぐっすり眠ってしまいました。これでも、綾瀬先生に嘘を吐いていることが後ろめたかったんですよ」

「だろうな。今までの行動を見ていればわかる。君は几帳面で真面目な性格だ」

そんな風に見られていたなんて……。

「……それで……お話とは……？」

今は、あの嫌な男の問題は今は忘れよう。

もしかしたら、働きすぎだから家政婦はクビだと言われてしまうのだろうか。

「食事が終わってからにしよう。込み入った話だ」

「ますます気になりますが、わかりました。あ、もう一枚ピザトーストいかがですか？」

「面倒じゃないか？」

「いいえ。焼くだけですから」

具材が乗せてあるトーストを焼きに席を立った。

食事が終わり、テーブルには二杯目のコーヒーの入ったマグカップだけが置いてある。

「奈乃香さん、契約結婚してくれないだろうか？」

予想外の言葉に絶句する。

綾瀬先生は小石川理事長の娘さんと結婚するんじゃ……。

「期間は一年間。君の戸籍を汚《よご》すことになるから無理にとは言わないが、俺たちの契約結婚は互いにメリットがある」

「メリット……ですか？　綾瀬先生は小石川理事長の娘さんと結婚――」

「するわけない」

「え……？」

「それが君と契約結婚する俺のメリットだ。小石川理事長は俺の大学時代の恩師で、娘とも知り合いだ。フレンチレストランで女性と会っただろう？」

「覚えています。あの人が小石川理事長の娘さん……」

「本人も乗り気だから余計に困っていたところだ」

たしかに、あの女性が綾瀬先生に好意を抱いているのはありありとわかった。

「恩師だけに無下に断れない。一年後にはアメリカへ戻るのも理由にはならない。よく考えた結果、奈乃香さんが良ければ好きな女性がいて、結婚したと言えば穏便に済むと思ったんだ」

彼は一年後にアメリカに戻る……？

「奈乃香さんのメリットは、借金を俺が払う」

「ええっ!?　千五百万あるんですよ？」

びっくりして開いた口が塞《ふさ》がらない。

「それは問題ない。すぐにでも用意できる。ホステスもカフェレストランの仕事を辞めるんだ。奈乃香さんの生活は保障する。俺がアメリカへ行ったあとも十年間は生活費を渡す」

綾瀬先生の提案は、今の私にとってものすごく魅力的だ。

「おそらく私の方が得をしているかと……綾瀬先生なら、そんな大金をかけなくても契約結婚をしてくれる女性が身近にいるのでは？」

「そういった女性は感情を割り切れないから面倒だ。ただし、契約結婚だが本物の結婚に見せなくてはならない。もちろん、体の関係はない。一カ月半後、祖父母たちが旅行から戻って来るから、この離れではなく向こうに移ってもらいたい」

向こうとは、お屋敷のことだ。

「大旦那様や大奥様、ご両親は使用人の孫の私が綾瀬先生の結婚相手としてふさわしいと思わないのでは？」

私にとっては、本当に良い条件だ。借金がなくなれば、道人さんにも金輪際会わなくて済む。今さっきの電話の脅《おど》しも解決する。

そうしたいと思いながらも、綾瀬家のご家族の反応や世間体が気になる。

「俺が選んだ人だ。祖父母や両親は反対しない」

この先、恋愛をして、その人の子供を産めるかわからないから、結婚には慎重にならざるを得ない。このままホステスの仕事をしていたら、道人さんの思うつぼ。

「この結婚はウインウインの関係だ」

「……わかりました。契約結婚をします。でも、お金は時間がかかってもお返しします」

「何を言っているんだ？　俺も助かると言っているだろう？　戸籍を汚す代償は千五百万で。それと、今日の仕事は欠勤の連絡をするんだ」

「え？」

「本物らしく見せるための小道具が必要だ。買い物に出かけよう。それと、あの男の父親に連絡をして、月曜日の夜に行きたいと伝えてくれ」

予期せぬ展開がどんどん進んでいって、夢を見ているみたいだ。

小道具が必要だと言った綾瀬先生が私を連れて行ったのは、ハイブランドの宝飾店だった。六本木《ろっぽんぎ》の商業施設の中にあり、その高級な店の佇《たたず》まいは入るのが躊躇するほどだ。

「あの店だ」

入り口近くで、綾瀬先生のクリーム色のニットの袖をくいくいと引っ張る。

「綾瀬先生……」

「その呼び方も変えるんだ。冬貴《ふゆき》と呼んでくれ」

「呼び捨てなんてできません。冬貴さんと呼ばせていただきます」

「それで？　どうした？」

「こんなハイブランドな指輪じゃなくてもいいのでは？」

入り口に立っている体躯の良い店員に聞こえないよう声を低くする。

「俺の周りの友人たちは目が肥えている。妻が安っぽい指輪をつけていると陰で笑われるのは俺だ」

「ご友人たちに会う機会はないかと」

「いや、本物らしく見せるために親しい友人たちを招待して、パーティーをするつもりだ。奈乃香さん、いや、俺は奈乃香と呼ばせてもらう」

冬貴さんの手が背中に置かれて、店の中へ促された。

「いらっしゃいませ。綾瀬様、お待ちしておりました。どうぞ奥へ」

責任者らしき紺色のスーツを身につけた上品な女性に案内されて、店舗の奥へ進む。

個室に入ってそのラグジュアリーな内装に、私だけが場違いだと感じた。

今までアクセサリーを購入したことがなく、母の形見の一粒ダイヤのネックレスと結婚したときに父からもらったというダイヤモンドのエンゲージリングがあるだけだ。

母は保育士をしていたので職場にはつけていけないし、私の手術費用でつつましやかな生活をしていたから。

今、私の目の前には暗闇でもその光が失われないのではないかと思われる、ダイヤモンドのエンゲージリングが並んでいる。それぞれデザインが違い、どれも美しくてため息が出るくらいだ。

もうひとつのベルベッドの台には、マリッジリングが数種類用意されていた。

店員の説明を受けながら、私はこの中でも一番値段の低いものにしようと決めた。

いちいち値札を確認するのは卑《いや》しい感じがするので、中でも一番ダイヤモンドが小さく、他の宝石が入っていないシンプルなエンゲージリングへ目が留まる。

「好きなのを選ぶといい」

おそらく一般的なエンゲージリングよりも一桁は違うと思われるのに、簡単に言ってのける冬貴さんに、度肝を抜く。

「……では、これを」

「ご婚約者様、お目が高いですわ。このダイヤモンドは希少価値のものでして、どれよりも素晴らしい光を放っております」

ってことは、一番お高い指輪？

「え？　じゃ、じゃあ、これではなく……」

自分の目論見が裏目に出てしまい、いくつかのエンゲージリングに目が泳ぐ。

そんな私を隣に座る冬貴さんが、握りこぶしにした手を口元に当てて「クックッ」と笑う。

「笑わないでください」

「それでもかまわないが、奈乃香にはもう少し装飾が入った方がいいんじゃないか？これは？」

冬貴さんが示したのはリングの前が八の字を横にしたようなデザインで、真ん中にラウンドブリリアンカットのダイヤモンドが鎮座していた。リングの八の字の部分にも小さなダイヤモンドが施され、豪華でとても美しいエンゲージリングだ。

他のエンゲージリングよりも素敵なのは否《いな》めない。

「ふ、冬貴さんが選んでくださったのなら、こちらで……」

「綾瀬様もさすがでございます。こちらはエンゲージリングの中でも最高級のものでございます」

え？　さっきのよりも高いの……？

ちらりと先ほどの指輪と決めた指輪の値札が見え、ギョッとなった。

希少価値のダイヤモンドリングよりも、決めた指輪の方が高かったのだ。

一年間の契約結婚のためにそんな大金を払うなんて……。

続いて冬貴さんは、マリッジリングを見ている。こちらは偽装なので、彼も身につけることになる。

「奈乃香、俺はシンプルなプラチナのリングにする」

「私もそれで」

「いや、こっちの方がいいだろう。エンゲージリングと重ね付けしたとき映える」

冬貴さんが選んだのは、横並びにダイヤモンドがついているマリッジリングだ。

「センスもよろしくて、素敵なご婚約者様ですね」

店員はニコニコと困惑する私に微笑みかけた。

サイズ直しをすることになり次の土曜日に仕上がる。

冬貴さんは支払いを済ませて店を出た。

「一年間だけなのに、あんな大金を払うなんてもったいないです」

「あれは資産になるから、持っていてもらいたい」

「冬貴さん……」

彼は苦労が絶えない私を憐《あわ》れんでいるだけなのかもしれない。

冬貴さんは歩きながら、隣にいる私を見下ろす。

「さてと、次はベッドリネン一式だ」

そうだ。私はお屋敷で暮らすことになる。

偽装結婚とバレないように部屋も一緒……？

「あの、私はどこで寝ればいいのでしょうか？」

「俺は書斎のソファで寝て、君には俺のベッドを提供するから」

「お医者様が狭いソファで眠るのは良くないです。私がそちらで寝ます」

冬貴さんのような高身長の人が、ソファでぐっすり眠れるわけがない。

「だが、君も疲れるだろう……ソファでなんて寝させられないな」

「私も冬貴さんを寝させられません」

「それなら、ふたりでベッドを使うしかないな」

「え？」

思わず足を止めた。

数歩前にいる彼は振り返り、至極真面目な表情で私を見る。

「それで互いが妥協するしかないだろう。ベッドは広いから問題ないよ。手を出すつもりはないから安心してくれ。俺たちはあくまで契約結婚だからな」

もちろんそんなことになるとは思ってもいないが、面と向かって言われてしまうと、自分に魅力がないのだと落ち込みそうだ。

そんな風に思うのは、私が冬貴さんに惹《ひ》かれているせいだ。

七歳の頃に出会ったときのように、素っ気ないが優しい。

その夜、祖母の家のベッドに横たわり、今日一日を思い出していた。

『友人を招いてのパーティーは一カ月後の日曜日、表参道《おもてさんどう》か青山《あおやま》のレストランを貸し切ってやろうと思う。奈乃香も招待したい友人がいたら教えてくれ』

呼びたい友人は凪咲《なぎさ》と……彩乃《あやの》さんは同じ大学病院だから知らせない方がいいよね。

どっちにしろ、本物の結婚式ではないから。でも、凪咲には本当のことを話さなければ、突然の結婚に納得しないだろう。

「おばあちゃんは、反対しそう……」

祖母への報告は、指輪が出来上がってからにしようと、冬貴さんが言っていた。

明日は西村さんに最後の借金の返済をしに行く。終われば道人さんと金輪際会うこともなく肩の荷が下りる。

【もうね、俺の性欲たまりすぎちゃってんだよね。今まで我慢していたけどさ、店に行ったら、触れるからな。ママにも黙認してもらう。あそこは大金を積めばなんだってOKなんだよ】

【帰り道にも注意しろよ。じゃあな、凛】

思い出して寒気が走る。

ああ言ったのは、単なる脅しよ。

挨拶には行くけれど、もう〝かれん〟にも出勤しないし、電話番号はブロックした。

向こうはここの住所を知らない。会うこともないだろう。

七、ガラリと変わった生活

翌日の午後、カレンママに電話をかけて、店を辞めることを話した。借金返済のために働いていることを知っているカレンママは、残念だけれど仕方ないわねと、わかってくれた。

落ち着いたらちゃんと挨拶《あいさつ》に行こう。

その日の十八時過ぎ。

西村《にしむら》さんの会社へ行くために冬貴《ふゆき》さんを待っていたところへ、スマートフォンが鳴った。

「もしもし？」

《俺だ。すまない、これから急遽オペが入って行けなくなった。日にちを変更してくれないか？》

「……私ひとりで行ってもいいですか？」

冬貴さんがいてくれたら心強いけれど、いつも返済に行っているのだから、最後まで自分でやり通さなければならない。それに、西村さんの口から、私が〝奈乃香《なのか》〟でなく〝穂乃香《ほのか》〟だということがバレてしまう危険もあった。

《ひとりで平気か？》

「はい。もちろん」

《俺の書斎のデスクの一番下の引き出しに、金が入っている》

昨日、炊飯器を仕掛けるためにキッチンへ行った際、冬貴さんの部屋を教えてもらってある。

「わかりました……本当にありがとうございます……あの、」

《どうした？》

「お金を持って私が逃げるんじゃないか、心配じゃないんですか？」

するると、電話の向こうで笑い声がする。

《その金が、いかに重みがあるかということを君は知っている》

「信じてくださり、ありがとうございます」

《じゃあ、明日の朝会おう。気をつけて行って来いよ》

「はい」

通話を切ってから、お屋敷の冬貴さんの部屋に向かった。

電車を降りて西村さんの会社に向かっているところだ。

千五百万の大金を持っているので、斜めがけにしているショルダーバッグを抱えるようにして歩いている。そして冬貴さんの言うとおり、千五百万の重みを感じている。

これでホステスの仕事から足を洗えるのだ。もうあの男と会うこともなくなる。

土曜日、西村さんのスマートフォンに電話をかけて、月曜日の夜にアポイントメントを取ってある。

返済は先月末にしているので、西村さんは不思議そうだった。

雑居ビルに着いて、エレベーターに乗り込んで五階に向かった。

社長室をノックすると、西村さんの「どうぞ」という声が聞こえてくる。

「失礼します」

「急にどうしたんだね？　まあ、座りなさい」

「実は結婚することになって、彼が全額返済分を用立ててくれたので、お返しに」

「ええっ？　結婚？　全額？」

西村さんは素《す》っ頓狂《とんきょう》な声を上げた。

ショルダーバッグから銀行の帯のついた千五百万を、テーブルの上に置いた。

「領収書をお願いします」

「……わかった」

西村さんはデスクへ行き、領収書を書いて戻って来た。

「結婚相手は金持ちのようだな。まさか〝カレン〟で見つけたんじゃないだろうね？」

「違います。父にお金を貸してくださっていたことは感謝しています」

「道人《みちひと》が残念がるな。四カ月もありながら、君を自分のものにできなかったとは、情けない息子だ」

西村さんは肩をすくめて、領収書をテーブルに置いた。

「西村さん、あなたは息子のわがままをなんでも聞いて、彼をだめにしています」

「君に説教される言われはない！」

私の言葉が気に障り、西村さんは顔を赤くして憤慨《ふんがい》したと思ったら、次の瞬間、悲しそうな顔になった。

「道人の件はすまなかった……。息子に言われるままに穂乃香ちゃんには無理をさせてしまった。今一瞬、剛志《つよし》に叱《しか》られているように錯覚したよ。君の目は剛志に似ている」

利子なしで大金を貸してくれた西村さんは良心的な人だと思う。息子を溺愛するあまりの行動だったのだろう。

「道人が前妻と別れた理由はＤＶだ。穂乃香ちゃんにひとめ惚《ぼ》れをした息子が、これからまっとうに幸せな家庭を築いてくれたらと思い、無理を言った……すまなかった」

西村さんは頭を深く下げる。

ＤＶ……。

「剛志には顔向けできないな……せめて穂乃香ちゃんが幸せになれるように願わせてくれ」

「西村さん……」

「道人は今日出張で、今頃、東京《とうきょう》駅に着いているはずだ。早く帰りなさい」

いないと思ったら、出張だったのだ。

ホッとして領収書を受け取ると、ショルダーバッグにしまった。

「今までありがとうございました。失礼いたします」

社長室を出てエレベーターへ向かう足が、小刻みに震えている。

エレベーターを待っている間、道人さんが現れそうで心臓が暴れている。

やって来たエレベーターに乗り込み、ビルの外に出たときにはホッと脱力した。

これであの男に煩《わずら》わされずに済む。

帰り道、冬貴さんのスマートフォンに【今、電車の中です。返済が終わりました。ありがとうございました】と、メッセージを送った。


翌朝、スッキリした気分で目を覚ました。

お屋敷のキッチンへ行く準備を整えて祖母の家を出た。

昨日の手術は長かったのだろうか。寝る前に冬貴さんに送ったメッセージには既読がついていなかった。

先ほど見たら【お疲れ】とだけあった。

和食の朝食の支度をしながら、お弁当を作る。朝食の味噌汁とは別に豚汁を用意し、保温ジャーの中へ入れる。

お弁当箱には甘酢あんかけを絡めた白身魚や、茹でたブロッコリーにニンジンなどの野菜、卵焼きを詰めた。

そこへ出勤の支度を終えた冬貴さんがやって来た。

「おはようございます」

「おはよう。うまそうだ」

冬貴さんは、作業台の上に冷ますために置いていたお弁当を覗《のぞ》き込んでいる。

「いつも昼食を食べるのを楽しみにしているんだ」

「本当に……？」

「ああ。奈乃香の作る弁当は、食に無頓着な俺でも、彩りやバランスに優れ、何よりも美味しいとわかる」

〝食に無頓着〟のところを強調し苦笑いを浮かべつつ、冬貴さんは褒《ほ》めてくれる。

「そう言ってもらえて嬉《うれ》しいです。今日は豚汁もありますからね」

管理栄養士として病気の人の食を守りたかったのもあるが、ひとりでも私の料理に喜んでくれる姿を見たかったのだと、今さらながら気づいた。

十八歳で、突然家族を亡くしたときから、大事な人に料理を作る喜びを忘れていた。

え……？　大事な人……？

「どうかしたのか？」

「い、いいえ」

我に返って首を左右に振る。

「テーブルへ運ぶよ。このトレイを持って行けばいいのか？」

「はい。すみません」

「それくらいで謝らなくていい。俺たちは夫婦になるんだ」

冬貴さんはトレイを持ってキッチンを出て行った。

二度の往復でダイニングテーブルに朝食が揃い、私たちは食べ始める。

「お父さんの友人から何か言われた？」

「いいえ。全額返済には心底驚いていた様子でしたが。でも、西村さんに言っちゃったんです」

「言っちゃった？」

「はい。息子のわがままをなんでも聞いて、彼をだめにしていますって。そしたら顔を真っ赤にして気を悪くして。でもすぐに、私の目は父に似ていると言って、今までのことを謝ってくれたんです。父に顔向けできないと」

そう言うと、冬貴さんは箸を止めて驚いた顔になった。

「君がそんなことを？　意外だな」

「十八歳からひとりで生きてきましたから」

「ひとりで？　とみさんは？」

「あ……もちろん祖母は心の支えになってくれました。ひとり暮らしをしていたので、つい……」

穂乃香《私》という孫を否定した祖母とは一線を引いてきた。この七年間、月一のペースで会っていたが、私の心のどこかにまだそのショックを引きずっている。

「そうだな。奈乃香は借金返済で忙しい毎日だったはずだ。ところでまだカフェレストランのアルバイトをするのか？　管理栄養士の仕事は？」

「落ち着いたらゆっくり考えたいと思います」

「そうだな。今は色々とやることがあって忙しいはずだから。君の借りている住まいをこのまま継続してもいいし、すべての荷物をこっちに移動させてもかまわない。空いている納戸もある」

「荷物を置かせていただいていいですか？　荷物はそれほどありませんが、家具など捨てるにはもったいないですから」

台東区で借りている部屋の賃貸料がなくなるのは助かる。冬貴さんと別れたあとも、今は敷金礼金がゼロのところもあるから、時間をかけて探せばよい物件が見つかるだろう。

「かまわないよ」

「ありがとうございます。今月中に引き払いたいと思います」

「祖父母は六月の月末に帰国する予定だから、それまでに滞りなく終わらせておこう」

「はい。でも、もし私を受け入れてもらえなかったときは……？」

「そのときは俺たちがここを出ればいい」

そうなったら一年間の契約結婚のために、大掛かりなことになりそうだ。

今週は冬貴さんの当直や急な学会の代理出席などもあるので、顔を合わせる時間もあまりなさそうだ。

木曜日の夜、二十時近くになって帰宅した冬貴さんと一緒に夕食を食べ、お屋敷の豪華なリビングルームのソファで、料理の合間に作ったドライフルーツの入ったパウンドケーキとコーヒーでくつろいでいる。

「そうだ。ちょっと待ってて」

そう言うと、冬貴さんはリビングルームを離れて、クリアファイルを手にして戻って来た。

彼が出したのは婚姻届だ。

「わざわざ取りに行ってくださったのですか?」

「いや、ダウンロードして印刷したものだ」

「そんな簡単に……」

パソコンやネットはそれなりに使うけれど、そんなことができるとは知らなかった。

「奈乃香のところを記入しておいてくれ。土曜日に提出しに行こう」

彼の記入するところはすでに書かれており、証人欄も埋まっている。

「あ、土曜日は祖母に会いに行く前に引っ越し業者と約束が。私が明日、提出しに行ってもいいですか？」

「いいのか？」

「はいっ。冬貴さんは忙しいですし、私に任せてください」

進んでそう言ったのは、わけがあるからだ。

「わかった。よろしく頼むよ」

「明日、提出してきます。出張の準備もありますよね。今日はこれで。おやすみなさい」

「ああ。おやすみ」

その場に冬貴さんを残しトレイに空になった食器を置き、キッチンへ向かった。


翌朝、冬貴さんを送り出してから家事を終わらせ、座卓の前に腰を下ろした。

座卓の上には婚姻届があり、それを前にしてペンを持つ手が震えている。

今の私は〝奈乃香〟なので、記入時にバレてしまうことに頭を悩ませていた。だから、冬貴さんが提出を任せてくれたので、胸を撫《な》でおろした。

ずいぶん長く冬貴さんを騙しているし、祖母のこともある。申し訳ない気持ちでいっぱいだけれど、もう自分が〝穂乃香〟だと言い出せない。

大きく深呼吸をしてから婚姻届の〝妻になる人〟の空欄に、〝石田《いしだ》穂乃香〟と記名した。

カフェレストランのアルバイトの前に港《みなと》区役所へ行き、無事に婚姻届を提出して受理された。

結婚記念品をもらえ、これは婚姻届を提出した証拠になるだろう。

アルバイトから帰宅して、結婚記念品を見てみると、扇子やボールペン、ポケットティッシュに港区の案内のパンフレットだった。

「扇子って……」

これが結婚記念品なのかと首をひねるが、一仕事を終えてホッとしていた。

冬貴さんの帰りは明日の九時過ぎになると言っていた。

神戸《こうべ》で学会に出席した後、パーティーがあって今日中には新幹線に乗れないため、帰りは明日の朝になる。

私はこれから台東区にあるマンションで、最後の荷物整理をして明日の引っ越しのため向こうに泊まる。

マンションへ行く途中のコンビニで、おにぎりと飲み物を買って向かった。

玄関を入って電気をつける。

部屋は段ボール箱が積まれている。生活品などはすでに段ボール箱に詰めており、ベッドと仏壇しか出ていない。

バッグとコンビニのビニール袋を隅に置いて、仏壇の前に座った。

ロウソクに火をつけて、お線香を焚く。

「お父さん、お母さん、奈乃香。私、神様みたいな人と知り合って、借金を返済することができたの。この先、結婚は難しいかもしれないから、期間限定でも冬貴さんのような人の奥さんとして過《す》ごせるのは素敵《すてき》なことだよね?」

冬貴さんは私の戸籍を汚《よご》すことになるので、申し訳ないと言っていたけれど、この先、好きになった人が私の胸にある手術痕を見て嫌悪するかもしれないし、赤ちゃんを産めないかもしれないので、結婚したいと思ってくれる人はいないかもと思っている。だから、バツイチくらいなんでもない。

「冬貴さんは七歳の頃、倒れた私を助けてくれたでしょう。今回も手助けをしてくれたの。彼の役に立ちたい。見守っていてね」

仏壇に飾ってある両親と奈乃香の写真に語り終え、その場を離れた。

翌日、九時四十五分過ぎ。仏壇を段ボール箱にしまっていると、インターホンが鳴った。

「わ、引っ越し業者さんってば、もう来ちゃった。はーい」

玄関へ急いで向かい、ドアを開けて驚く。

「冬貴さんっ！」

「誰か確認してからドアを開けるのは、小学生でもわかっていることだぞ？」

彼は私に向かって顔を顰《しか》めてみせる。

「ごめん……なさい。引っ越し業者かと……でも、どうして？　帰ってきたばかりですよね？」

時刻からして、帰宅してからすぐに来たのだろう。

「引っ越しを手伝うために決まっているだろう？」

「それほど荷物はなかったですし、あとは運んでもらうだけですから。でも、来てくださって嬉《うれ》しいです」

「素直だな。あとは仏壇だけか？」

「あ、はい。今、段ボール箱にしまっていました」

「手伝うよ」

残りの作業をしているところへ、今度は引っ越し業者がやって来た。

お屋敷の納戸に当座使わない段ボール箱をしまった。パイプベッドだけかなり使って歪《ゆが》みもあったので処分した。

冬貴さんの部屋に運んだのは抱えるくらいの大きさの段ボール箱が二個だけで、少ない荷物に彼は驚いた顔になった。

段ボール箱の中は、ほぼ洋服だ。祖母の家に置いていた荷物もキャリーケースに入れてこちらへ持ってきている。

仏壇は祖母の家にしばらく置いてもらうことにした。

彼の部屋はベッドルームと書斎に分かれている。ベッドルームは広く、キングサイズのベッドを置いても、三人掛けのソファとテーブルを置く余裕がある。

衣装部屋がベッドルームの隣にあり、書斎にも三人掛けのソファが配置された十二畳くらいの広さで、窓の近くにデスクが置かれている。

「冬貴さん、昨日婚姻届を提出してきました。これが結婚記念品だそうです」

昨日もらったビニールバッグから結婚記念品を出した。

冬貴さんはそれには関心を示さず、「ありがとう。もう綾瀬《あやせ》奈乃香だな」とだけ口にした。

綾瀬奈乃香……。彼を騙していることに後ろめたさはあるが、にっこり笑みを浮かべた。

「じゃあ、指輪を取りに行ってから、とみさんのところへ行こう」

「はい」

二番目の難関を忘れていたわけではないが、これから結婚報告を祖母にすると思うと急に緊張感に襲われた。

六本木《ろっぽんぎ》の宝飾店へ指輪を取りに行き、その場でサイズを確認してエンゲージリングとマリッジリングを冬貴さんがはめてくれた。

左手の薬指には、高価なダイヤモンドがまばゆい光を放っている。

指輪をはめていることに慣れるのだろうか……。

今までファッションリングさえはめたことがなかったので、違和感がある。

今日の服装はブラウンのAラインワンピースで、私のワードローブの中では綺麗《きれい》めなのだが、このダイヤモンドに伴《ともな》っていない気がする。

「ぴったりだな」

彼は満足そうに私の左手を見る。

「はい。これをおばあちゃんが見たら腰を抜かしそうです」

「俺の妻にふさわしいものを贈ったのだから、ちゃんとはめていてくれ。とみさんには俺が話すから、君は話を合わせるだけでいい。さてと、ご機嫌取りのお土産を買いに行こうか」

冬貴さんのマリッジリングをはめた左手が、私の肩に置かれ促された。


一時間後、日本麻生《あそう》メディカルセンター病院の駐車場に車を止め、祖母の病室へ向かう。

時刻はもうすぐ十七時になる。病院の夕食前には病室を出られるだろう。

手土産を持って祖母の病室を訪ねると、祖母は起きていてテレビを観ていたが、足音で出入り口へ顔を向けた。ギプス姿が痛々しく、身動きは体を起こせるだけだ。

「冬貴様……奈乃香、一緒に……」

意外そうな祖母は、テレビの電源を消した。冬貴さんは手土産の日持ちする和菓子を棚の上に置く。

「冬貴様、お忙しいのに。何度もすみません」

「とみさん、今日は報告があって奈乃香さんと一緒に訪ねました」

「報告ですか……？」

祖母は首を傾《かし》げて、隣にいる私に視線を向ける。

「お、おばあちゃん、驚かないでね」

冬貴さんに話を合わせるだけでいいと言われたけれど、こんな仰天する話で祖母の心臓に影響を及ぼしでもしたらと思うと怖くなって口にした。

「そんなに私を驚かせる話なのかい？　さて、なんだろうね」

祖母はニコニコして、冬貴さんを見る。

「とみさん、昨日、奈乃香さんと入籍しました」

笑顔を張りつかせたまま祖母は絶句した。

「わ、私の耳が遠くなったのかね。冬貴様、今なんと言ったのですか？」

冬貴さんは私の左手を取り、祖母に指輪が見えるように持ち上げた。

「奈乃香さんを妻にしました。事後報告ですみません。奈乃香さんがおばあちゃんは絶対に反対するはずだからと、プロポーズをなかなか聞き入れてもらえませんでしたが、ようやく入籍することができました」

冬貴さんの言葉をじっと聞いている祖母は、案の定、眉間に皺を寄せて困惑している。

「とみさん、祝福してくれますよね？」

「なんと言っていいのかわかりません……このことを大旦那様には？　使用人の孫ですし、反対なのでは？」

やはり祖母は綾瀬家と家柄が釣《つ》り合わないと考えているようだ。

「洋上ですが、メッセージは送っておきました。奈乃香に会うのを楽しみにしていると。いささか驚き気味でしたが」

まさか連絡をしていたとは思ってもみなく、びっくりした。帰国したら話すと言っていたし……。

「両親も同じく、俺が選んだ女性だから今度会うのを楽しみにしていると。使用人の孫でも彼女は立派な女性ですから。とみさんにも、祖父母は絶大な信頼を置いている」

「しかし……まだ知り合ってひと月ほどで、どうしてそんなに急ぐんですか？」

もっともな疑問だった。

「俺のひとめ惚《ぼ》れです。いや、彼女が十八のときに会っているので、そう言っていいのかわかりませんが。彼女の作る料理に惚れ込んだ。という理由もあります」

「でも、もう少し時間をかけて――」

「とみさん、彼女はあなたに話していないことがあります」

え？　何を言うの……？

びっくりして冬貴さんを仰ぎ見る。

「彼女は今まで父親の残した残りの二千万の借金を、つつましやかに、仕事を掛け持ちして生活をして返済していました。その頑張りに俺は心を打たれました。奈乃香を幸せにしたいと思ったんです。その想いは愛でした」

「剛志の借金を奈乃香が……奈乃香、なぜ言ってくれなかったんだい」

「おばあちゃん、ゆくゆくは老人介護施設へ行くって言っていたでしょう。今は老人介護施設へ入るのはお金がないと大変よ。そのために貯めていたお金が欲しいなんて言えないわ」

「奈乃香……お前は、本当に優しい子だよ……」

祖母の目には涙が光っている。

「おばあちゃん、ごめんね。泣かないで。今とても幸せなの」

バッグからハンカチを取り出して祖母の涙を拭《ぬぐ》い、手に握らせる。

「とみさん、これからは俺が奈乃香を守ります」

冬貴さんの言葉に演技だとわかっていても、私の胸は高鳴ってしまう。

祖母は涙をハンカチで拭《ふ》きながら、コクコクと頷《うなず》いた。


病院帰りに前回連れて来てもらったフレンチレストランで食事をして帰宅した。

今日からお屋敷での生活が始まり、彼のベッドルームで共に寝る。

大旦那様たちが帰国するまでは祖母の家に住んでもいいのではないかと言ったが、掃除係の五十嵐《いがらし》さんの目もあるので、今日からになったのだ。

冬貴さんとしても、大旦那様たちには偽装した結婚などと知られたくないようだ。

ベッドは今までシンプルな紺のリネンだったが、白のリネンをベッドメイクする。

落ち着いた色味の部屋だったが、白のベッドリネンは部屋を明るくした。

そこへお風呂から上がった冬貴さんが髪の毛を拭きながら現れた。

グレーのパジャマ姿で、胸元のボタンが数個留められていないので、男の色気が伝わってきてドキドキし困惑する。

「雰囲気《ふんいき》が変わったな」

冬貴さんから視線を外して「そうですね」と言って、私用の新しい枕を置く。

「奈乃香も風呂に入って来るといい。俺は書斎にいるから、先に寝ていてくれ。あ、風呂場はわかるか？」

「はい。キッチンの横ですよね？」

「ああ、風呂掃除は五十嵐さんの仕事だから、使ったままでいいから」

そう言って、彼は隣の部屋へ入って行った。

「ふぅ～」

男性と同じベッドルームを使うなんて初めてだから、緊張してぎこちなくなる。

お風呂の用意をしてベッドルームを出た。お風呂場の引き戸を開けて、びっくりする。まるで温泉のような御影石《みかげいし》の大きな浴槽だった。

「すごい……」

以前、家族旅行で行った箱根《はこね》の温泉宿を思い出すと、涙がこぼれそうになる。

泣かないように下唇を噛《か》み洗い場に歩を進め、かけ湯をしてから湯船に浸かった。

これからはゆっくり人生設計をしよう。冬貴さんと別れたあとは、お金を貯めて各地を旅行するのもいい。両親も私が人生を楽しむのをきっと喜んでくれる。

時刻はすでに二十二時で、今日は祖母への報告もあって精神的に疲れている。

さっさと済ませて、休もう。

そう思っても、冬貴さんと同じベッドで寝ることになるので、ちゃんと眠れるかどうか……。

普段、いびきはかいていないと思うし、寝相も悪いつもりはない。

隅っこで眠れば、冬貴さんの睡眠を邪魔しないよね？

お風呂から上がって髪を乾かしてベッドルームへ行くと、そこに冬貴さんの姿はなかった。

先に寝ていてくれと言っていたっけ。私が眠りやすいようにそう言ってくれたのかもしれない。

キングサイズのラグジュアリーなベッドに身を滑らせる。

マットレスのクッションや、ふわっと軽い上掛けに驚きながら枕に頭をつけると、スーッと眠りに引き込まれていった。

目覚まし時計が鳴る前に意識が浮上し、瞼《まぶた》を開けて見慣れない部屋に一瞬驚いた。

次の瞬間、ハッとなって背を向けていた体をそっと動かして隣を見る。

冬貴さんが仰向けで眠っていた。

私たちの間には大人がふたり眠れるくらいのスペースが空いているけれど、彼が入ってきたのもわからないほど熟睡していたようだ。

私らしくないな……。

冬貴さんに気を許しているからなのかもしれない。

本当に綺麗《きれい》な顔だ。高い鼻梁に若干大きめの唇。頬骨も高く、外国人の血が混ざっていそうなくらい彫が深く整っている。

まつ毛も長いのね。

思わず自分のまつ毛を指先で触れる。

負けているかも……。

うら若き乙女が同じベッドで寝ているというのに、なんとも思っていないみたいだ。襲ってもらえるほどの体ではないが、冬貴さんにとって自分は魅力的に映っていないのだろう。

もしかして男性が好き……？

変な想像をしてしまい、小さく頭を振る。

一年後にアメリカへ戻るって言っていたから、向こうに結婚を約束した人がいるのでは……？　だから恩師の娘さんとの縁談を回避したかった？

彼がここを離れるとき、私はすんなりと別れられる……？

卒然と、冬貴さんに対する自分の気持ちを自覚して、心臓がドクンと跳ねる。

ああ、私は冬貴さんが好きなんだ……。

でも、私たちの関係は一年だけの契約結婚。この想いを伝えることはできない。

一年間でも好きな人と一緒にいられるのだ。多忙な彼の健康を考えて、料理をするのが冬貴さんへの恩返しだ。


朝食の準備をしていると、キッチンに冬貴さんが入ってきた。

「おはよう」

「おはようございます」

サックスブルーの薄手のニットと白いスラックスを穿いた冬貴さんは爽《さわ》やかだ。私は普段どおりの白のカットソーにジーンズ、それにデニム地のエプロンを身に着けている。

「ぐっすり眠っていて、奈乃香が起きたことにも気づかなかった」

「疲れているんじゃないでしょうか？　中華粥を作っているので、胃も休めてくださいね」

「奈乃香のおかげで俺も食通になりそうだ」

冬貴さんは顔を緩ませる。

奈乃香……か。おばあちゃんに呼ばれるよりもつらいなんて……。

「食通って、私も違いますよ。あちこちのレストランを回っているグルメな人じゃないですし」

「いや、君の料理はレストランよりもうまい」

「そんなに褒《ほ》めちぎらないでください。さあ、できました！」

中華粥の入った鍋ごとダイニングテーブルへ持って行き、食べ始めた。

「うまい。ニューヨークの中国料理レストランで中華粥を食べたことがあるが、奈乃香が作った方が断然上だ」

「ニューヨークにいたんですか？」

「そう。ニューヨーク州でも一番忙しい病院に。毎日銃で撃たれた患者が運ばれていたよ」

想像すると壮絶な医療現場のようだ。

「それなのに、また一年後には戻るんですね？」

「ああ。そのつもりだ」

そっか……やっぱり向こうに恋人がいるのかもしれない。

「結婚披露パーティーは六月の中旬の日曜日に会場を押さえた。青山《あおやま》の大通りから少し入ったフレンチレストランだ。今日の十時にブライダルコーディネーターが来る」

「え？　十時って言ったら、あと三十分じゃないですか。早く食べてください」

冬貴さんは自ら二杯目の中華粥を自分のお茶碗によそっている。

「まだ時間はある。ゆっくり食べさせてくれ」

そう言って彼は、中華粥をれんげですくって口へ運んだ。


十時にブライダルコーディネーターの女性ふたりがやって来た。

パーティーの人数や、招待状のサンプル、装花などを決めた。ご祝儀なしのこちらの招待で、ざっと総額を見せられてびっくりする。

彼らが昼前に帰ったあと、カップなどを洗ってから、ソファに座り招待状のサンプルを見ている冬貴さんに近づく。

「披露パーティーではなく、小石川《こいしかわ》理事長にふたりで会いに行けば納得していただけるのではないでしょうか？」

費用の無駄遣いだと思った。三十人ほどの招待で百五十万近い金額だったのだ。

「奈乃香、俺たちの結婚は本物に見せなくてはならないんだ。披露パーティーを開くのが一番いい。外でランチを食べて、パーティーに着る服を見に行こう」

冬貴さんに押し切られた形になったが、彼がかまわないというのなら望みどおりにしよう。

「すぐに出かけられるか？」

「あ、ちょっと待っていてください」

寝室から衣装部屋に入り、等身大の鏡に映るまるっきり普段着の自分にため息を漏《も》らす。

冬貴さんと出歩くのにふさわしい服があるわけではないが、ジーンズから綿のミモレ丈の黒のスカートに履き替え、白いカットソーの上からブラウンのカーディガンを羽織った。

そのまま肩に垂らしていた髪はハーフアップにして、軽くメイクをした。

冬貴さんが車で向かったのは銀座《ぎんざ》だった。デパートの駐車場に愛車を止めて外に出る。銀座の大通りは歩行者天国になっていた。

何が食べたいか話をしながら歩いている。

「銀座の店は色々訪れているが、言っただろう？　食べられればいいスタンスだから、覚えていないんだ」

「ふふっ、中でも美味しかったお店とか覚えていないんですか？」

天才肌の冬貴さんらしいと思う。

「ああ。そのときは美味しいと思っていても、店の名前を覚えるほどじゃない」

「じゃあ……ラーメンはいかがですか？」

「ラーメン？　ラーメンが食べたいのか？」

冬貴さんは首を傾《かし》げている。

「はい。自分では作らないので、ラーメンが食べたくなりました」

「俺も病院の食堂ではたまに食べていたが、最近は奈乃香の弁当のおかげで行くこともなくなったからな。……よし、それにしよう」

私たちはスマートフォンでラーメン店を検索して、一番近くの店に食べに行った。

楽しそうに顔を緩ませる冬貴さんを見ていると、初めて大学病院の食堂で見かけたときの仏頂面《ぶっちょうづら》の彼とは別人みたいだ。

小石川理事長の娘さんとの話がなくなったとしても、結婚をしていなければ、「うちの娘の婿に」と、あちこちから引く手あまたなのだろうな。

ラーメン店を出てデパートに戻り、エレベーターに乗る。冬貴さんは若者向けの婦人服売り場の階で私を降ろした。

そして、若い女性物のおしゃれでカジュアルな服がハンガーにかけられているショップへ入って行く。

「冬貴さん、ここは披露パーティーに着るような服はないみたいです」

背伸びをして彼の耳に向かって小声で言う。

「ここにはパーティードレスを探しに来たんじゃない。奈乃香は服が少なすぎる」

「で、でも不自由はしていません」

「いいから。俺の妻になったんだ。俺に着飾らせてくれ」

冬貴さんの言葉は私を傷つけないように言っている。綾瀬《あやせ》家の正門を出入りするのだから、身なりもそれなりにしてほしい。そうなのではないだろうか。

「どうした？」

「え？　いいえ。そうですね。実用的な服ばかりですし……」

「サイズは？」

「九号……です」

冬貴さんは私に微笑《ほほえ》むと、ハンガーにかけられているブラウスやワンピースなどを選び、次から次へと店員に渡していく。

店員の腕には抱えきれないほどになる。

「ふ、冬貴さん。それでは多すぎます」

しかも自分では絶対に選ばないシャーベットオレンジや、ベビーピンク、レモンイエローなどカラフルな色味が目立つ。

「いいから。奈乃香に似合いそうな服ばかりだ。それに合う靴も必要だな」

そう言って、店員に会計するよう伝える。

まるでシンデレラになったような気分だ。

冬貴さんは両手にいくつかのショッパーバッグを持って車に向かった。


「着いた」

表参道《おもてさんどう》のコインパーキングに止めた彼はドアロックを解除する。

「え？　どこへ？」

「まだパーティードレスを選んでいないだろう。俺はいつ病院から呼び出しがあるかわからない。早め早めに準備をするのが鉄則だ。行こう」

彼は運転席を降りて助手席側に回ってくると、ドアを開けた。

二十メートルほど歩いて、大きな窓からウエディングドレスがズラリと並んでいるショップに案内された。

「ウエディングドレスを……?」

「披露パーティーだから、その方がいいだろう。奈乃香の気に入ったドレスを選ぼう」

ふいに手を差し伸べられ、その手を握るとショップの中へ入店した。


ドレスショップから帰宅したのは十七時に近かった。

「冬貴さん、たくさんのお洋服をありがとうございました」

ショッパーバッグを寝室に運んでくれた彼に頭を下げる。

「礼はいい。どれも君に似合うと思って選んだんだ」

綺麗な色味の服が嫌いなわけではなく、今まで着る気持ちになれなかったのだ。冬貴さんのおかげで、今はそんな服も着てみたいと思い始めている。

「はい。着るのが楽しみです」

微笑みを浮かべたとき、冬貴さんはポケットからスマートフォンを取り出した。手に持ったスマートフォンは振動している。

彼は通話をタップして電話に出る。

「綾瀬だ……わかった。すぐに行く。すべての検査を済ませておいてくれ」

そう言って通話を切った。

「要人の患者が運ばれてきたそうだ。今夜は帰れないかもしれない。先に寝ていてくれ」

「わかりました。いってらっしゃいませ」

「行ってくる」

玄関へ歩を進める冬貴さんのあとをついて行き、見送る。

お医者さんって、大変……。

夕食、ちゃんと食べられるのかな……。

もし夜中に帰宅したときのために、おにぎりを作っておこうと決め、買ってもらった洋服の整理をしに寝室へ戻った。


翌朝、目を覚ましたとき、ベッドに彼の姿はなかった。病院から帰ってこられなかったのだろう。

ベッドメイクをしながら、お弁当を作って大学病院に届けようか迷っていた。

食堂もあるのだから、わざわざ持って行かなくても平気だろうと思いつつも、昨晩の夕食も簡単にしか食べられていないはず……そう考えたとき、サイドテーブルの上に置いていたスマートフォンが鳴った。

冬貴さんだ。

「お疲れ様です」

《朝早くすまない。頼みがあるんだが？》

「なんでも言ってください」

《ありがとう。奈乃香の弁当が食べたい》

その言葉に胸がキュンとなった。

「ちょうど差し入れに行こうかと考えていたんです。昨晩もちゃんと食べていないのかなと。作って守衛さんに渡しておきます」

《医局にいないかもしれないから、その方がいいな。よろしく頼む》

「はいっ」

通話が切れ、食べかけのおにぎりをそのままにして、キッチンへ向かった。


九時半過ぎ、二食分のお弁当を作って電車に乗った。

守衛に預けるにしても、この時間なら知り合いに会うこともないだろう。

今日は十四時から、日本麻生メディカルセンター病院で年に一度の定期検診がある。

ホステスの仕事もなくなり、一番憂慮していた道人《みちひと》さんや借金の精神的な負担もなくなって、体調はいつになくいい。

三年間、週末を除き毎日通っていた駅を出て、懐かしい道を歩く。

懐かしいって、まだ退職してから二カ月も経っていないのにね。

大学病院の守衛の窓口に立つと、制服を着た男性に心臓外科医の綾瀬先生に渡してほしいと伝える。

対応してくれた守衛は、見たことのない男性でホッとする。

「聞いております。綾瀬先生の奥様ですね」

奥様……。そう言えば、彼もマリッジリングをしているんだっけ。冬貴さんを取り巻いていた看護師たちは、それを見て驚愕しただろう。

「はい。しゅ、主人がお世話になっております」

〝主人〟と口にするのは照れくさかった。

知り合いに会わないように、その場をそそくさと離れて大学病院をあとにした。

定期検診は心臓に異常は見られず、貧血が基準値よりも少しだけあるとのことだったが、食事で鉄分を補えば問題ないだろうとの診断だった。

良かった……。ポンコツだった心臓も、今は三年目の中古車くらいになったのかな。

夕食の支度をしていると冬貴さんが帰宅した。

徹夜だったという彼の顔は、いつもよりも疲れているように見えた。

「弁当を届けてくれてありがとう。美味しかったよ」

シンプルなファスナー付きのお弁当が入っていた袋を手渡される。

「いいえ。お疲れ様です」

「守衛が、奈乃香を綺麗な奥様ですねと言っていた」

「そ、それはお世辞です」

そんな風な会話がされていたかと思うと、頬に熱が集まってくる。

「素直に受け取っておけばいい。君はすぐに照れるな。頬が赤い」

ふいに彼の指先が頬に触れて、ドキッと心臓が跳ねた。

「あ、あの。金曜日の夜なんですが、〝かれん〟へ挨拶《あいさつ》に行って来ようと思っているのですが。夕食は作っておきますね」

「だったら、待ち合わせて食事をしよう。約束は守れるかわからないが」

「わかりました。緊急の呼び出しが入ったら、もちろんかまいません」

「食事の前に風呂に入りたいんだが？」

「そうしてください。準備しておきます」

冬貴さんはキッチンから出て行った。

先に風呂に入ってくる……で、いいのに……。

本当の結婚だったら、そうだったかも。

今は幸せなのに、寂しさに駆られた。


金曜日、カフェレストランのアルバイトが終わって、スーパーマーケットで明日からの数日分の食材を買って帰宅した。

ひと休みして〝かれん〟へ挨拶をしに行くための支度を始める。

今日は冬貴さんと食事の約束をしているので、先週買ってもらった洋服から選び、ラベンダー色のシャツワンピースに決めた。ウエストは細いベルトで留めるようになっている。

着替えて等身大の鏡に立つ。そこに映る自分が別人に見える。活発そうで自分に自信があるような、以前の私とは正反対の雰囲気《ふんいき》だ。

髪を片方に流して三つ編みにし、バッグはいつか使えるかもしれないと、取っておいた母の形見の黒革のバッグにした。

母はずっと長く使えるようにと、できる範囲で良いものを購入していたので、今も新品同様に綺麗だ。購入してからほとんど使っていなかったのかもしれない。

こうして形見の品物を手にしても、涙が出ることはなくなった。

それも冬貴さんのおかげだ。


今日、開店前に〝かれん〟を訪れるのは、前もってカレンママに伝えてある。有名パティスリーのチョコレートをデパ地下で買って、お店に向かった。

時刻は十九時半で、仕事を終わらせた冬貴さんは、店が入っているビルの下に二十時に来てくれることになっている。

「カレンママ、咲《さき》さん、皆さん」

〝かれん〟に入店すると、フロアにちょうどカレンママと咲さんがいて、にこやかに出迎えてくれる。

「まあ、晴れやかな顔をしちゃって」

いつものように着物を粋《いき》に着こなしているカレンママだ。

「本当だわ。凛《りん》さんったら」

「突然辞めることになってしまい申し訳ありません。カレンママや咲さん、皆様の温かい優しさはとても助かりました。これ、皆さんでどうぞ」

先ほど購入したチョコレートの入ったショッパーバッグを、カレンママに手渡す。

「まあ、ありがとう。せっかく仕事に慣れたのに、うちとしては残念だわ。でも、凛さんは大変だったわね。そうそう、西村《にしむら》様、凛さんが店を辞めたと知って、毎晩荒れ模様だったのよ。ここ数日は来ていないけれど。気をつけてね」

「そうでしたか……もう負い目もありませんし、会うこともないので大丈夫です」

「本当に嫌なやつだったわね。いくらお金を持っていても性格がね」

咲さんが口にすると、カレンママが「お客様の悪口はだめよ」とたしなめる。

その後、開店ギリギリまで話は尽きず、最後にもう一度お世話になった感謝を伝えて店を出た。

ビルの外に立ち、腕時計で時間を確認すると、約束の五分前だ。

金曜日の夜は、会社員やＯＬたちが楽しそうに通りを歩いている。

居酒屋はあっちの方がいいなどと話しながら、私の前を賑《にぎ》やかに男女のグループが通りすぎていく。

「やっと見つけたぞ」

聞きたくなかった声が、すぐそばから聞こえた。

ハッと横を見た瞬間、腕をガシッと掴《つか》まれた。

目を吊《つ》り上げている道人《みちひと》さんだった。

DVだったと、西村さんの言葉を思い出して、じりっと後退しようとするが、彼の方へ引き戻される。

「きゃっ！」

「挨拶に来る予定だと黒服スタッフが言っていたから、この一週間ずっと見張っていたんだ。くそっ！　電話もブロックしやがって」

店での彼とは別人のように荒々しくて、恐怖を覚える。

「よくも金を使わせるだけ使わせて、トンずらしたな！」

「私が使わせたわけじゃないわ！」

掴まれた腕は、さらに力が入れられて痛みが走った。

「離して！」

通りを行き交う人々は、男女の痴話《ちわ》げんかだと思っているのか、足を止める者はいない。

「一緒に来やがれ」

「嫌っ！」

無理やり、彼から逃れようとしたとき、服の腕部分がビリッと破ける音がした。

「あっ！」

左の肩の縫い目が裂けて、肌が露出している。

「いいから、こっちへ来い！」

服が破けても動じる様子のない道人さんは、私の手首を掴んで歩き出そうとした。

「嫌！」

そのとき、素早いこぶしが目の前を通りすぎ、道人さんの頬を強打した。彼は地面に倒れた。

びっくりして顔を向けると、冬貴さんだった。

冬貴さんは、頬を撫《な》でながら立ち上がる道人さんを冷ややかな目で見ている。

「よくも妻に乱暴をしたな」

私の腰を冬貴さんに引き寄せられる。

「お、お前こそ俺を殴ったな！　治療費を払え！」

「お前こそ、こっちが訴えたらどうなると思うんだ？　女性を拉致しようとしていた現場を見ていた証人がたくさんいるぞ？　今すぐ俺と警察へ行くか？」

いつもよりも低音ですごむ冬貴さんは迫力があって、道人さんの顔が青ざめる。

「もう二度と妻に近づくんじゃない。こっちは裁判を起こしてもかまわないが？」

「くそ……」

「わかったか？　妻のことは忘れろ。いいな？」

道人さんはオオカミに睨《にら》まれた小動物のように体を縮こまらせている。

微動だにしない数秒が流れ、道人さんは背を向けて立ち去って行った。その姿に、私は大きく肩で息を吐《は》いた。

「奈乃香、大丈夫か？　腕を強く掴まれたんだろう？　診せるんだ」

「大丈夫です。それよりも冬貴さんこそ、大事な手を」

彼の右手を両手で包み込み、赤みを帯びている指の根元の関節のあたりをそっと撫でる。

「これくらいなんともない」

冬貴さんはスーツのジャケットを脱いで、私に羽織らせる。

「行こう」

手が繋がれ、道人さんが立ち去った反対方向へ歩を進める。

道人さんの出現には心底驚いたが、冬貴さんに手を握られて歩いていることの方がびっくりしている。

「あれが奈乃香に似合いそうだ」

彼はショーウインドーのマネキンが着ている紺と黄色の幾何学模様のワンピースに目を留めた。

「こんなに高いお店じゃなくて――」

「もうどこの店も閉店の時間だ。いいから入るぞ」

冬貴さんはハイブランドのショップへ入店して、あっという間に私はドレッシングルームへ追いやられていた。

ドレッシングルームのドアが閉まり、自分の姿が鏡に映った。

腕の一部が破けたラベンダー色のワンピースを見てがっかりする。おろしたてなのに……。でも、もしかしたら縫えば着られるかもしれない。

女性店員に渡された紺と黄色の幾何学模様のワンピースに着替える。

奇抜なデザインだと思ったが、試着してみるとおかしくないし、われながら似合っているように見える。さすがハイブランドの服で着心地が良かった。

その後、路肩パーキングに止めていた彼の車に乗せられて、日比谷《ひびや》の五つ星のホテルにやって来た。

　イタリアン料理を堪能し、食事をしながら話をして、まるで本当の恋人同士か夫婦のようだ。

「あの男の執着心には驚かされた」

「はい……おそらく、もう会うこともないと思います。私の居場所は知りませんし、電話もブロックしていますから」

「だといいが。破かれたワンピースは俺が預かっておく。やつが何か言ってきたときのための証拠だ」

「え？」

　デザートのチョコレートケーキから視線を冬貴さんに移す。

「どうかしたか？」

「もったいないので、縫い目が破けただけだから直せないかなと……」

　そう言った瞬間、冬貴さんが破顔する。

「そういうところが奈乃香の素敵《すてき》なところだな。どんなものでも粗末に扱わない。だが、あの服はしばらくあのままに」

　褒められて嬉しいが、〝奈乃香〟と呼ばれるたびに、胸に痛みを覚えていた。

月曜日の十五時過ぎ、凪咲《なぎさ》と約束したコーヒーショップへ向かう。

昨日、彼女からメッセージが来て、今日は幼稚園が週末に行われた行事の振替休日で、お茶でもできないかとのことだった。

披露パーティーに誘いたいと思っていたので、カフェレストランのアルバイトが終わったあと、待ち合わせになった。

凪咲はすでに来ていて、目の前に飲み物のカップがあった。私に気づいた凪咲に、カウンターで買ってくるとジェスチャーをして並んだ。

晴天の今日は暑かったので、アイスカフェラテを買って凪咲の元へ行く。

「ごめん。待った？」

「ううん。穂乃香、服装が変わったね！　何かいいことでもあった？」

レモンイエローのボートネックのカットソーにいつものジーンズだが、明るい色味の服を凪咲の前で着たのは事故以来なので、彼女はびっくりしている。

前回、会ったときに話したのは借金のためにホステスになるまでだった。

「実はね……」

「ちょっと待って、待って！　そのリングはどうしたの⁉」

凪咲は私の左の薬指にはめられた二本の指輪に、心底仰天した様子だ。

ひと口、アイスカフェラテを飲んでから、それ以降の出来事を話した。そして冬貴さんと私、双方の利害が一致して結婚に至ったと。

彼女は深刻な顔で聞いてくれており、時折困惑した表情になった。

「穂乃香、借金の返済が終わったのはすごく嬉しい。でも契約結婚だなんて……」

「私の病気を考えたら、今後、家庭をもてるかわからないから、一年間でも結婚の真似事ができて今幸せなの」

「まさか、彼を愛しているの⁉」

凪咲の問いに、にっこり笑みを浮かべて頷《うなず》く。

「私は奈乃香じゃないのに、騙しちゃっているし、一年後には冬貴さんはアメリカに戻るの。だから、都合がいいってわけ。最後まで嘘は吐《つ》き通さなきゃ。おばあちゃんのために」

「おばあちゃんのためにって……。酷《ひど》い仕打ちを受けてきているのに」

「それでも私の祖母よ。穂乃香より奈乃香が好きだった。その差だけ」

「もう……穂乃香の境遇は涙なくして語れないわよ……」

凪咲は瞳を潤ませていた。

「六月の中旬の日曜日に、青山《あおやま》のフレンチレストランで披露パーティーがあるの。私は凪咲しか呼べないから、彼と一緒に来てくれる？　ご祝儀はいらないパーティーよ」

「ご祝儀がいらない？　それってずいぶん太っ腹じゃない。さすが綾瀬家ね」

以前、小石川理事長が大学病院のお給料はそれほど良くないと言っていたけれど、宝飾品の最高峰と言われる指輪や、一着何万もする服などを簡単に買うし、千五百万も簡単に用意してしまう。

やはり彼には綾瀬家の別収入があるとしか思えない。

八、夢のように幸せな日々

披露パーティー当日。昨日まで降っていた雨は上がり、それほど気温は高くないので、気持ちのいい日になりそうだ。

招待客三十人中二十八人は冬貴《ふゆき》さんの職場や友人、そして小石川《こいしかわ》理事長も出席するとのことだった。

管理栄養士だった頃の私を知る人はいないだろう。私は医師や看護師とほとんど顔を合わせる機会はなかったから。

「お支度はこれで終わりです。とても美しいですわ」

サロンの壁に沿って置かれたソファに座っていた冬貴さんは、ブライダルスタッフの声に立ち上がって、こちらへやって来た。

冬貴さんはブラックタキシードを身に着けている。日本人でこれほどタキシードが似合う人は少ないのではないかと思うほど素敵《すてき》だ。

私はオフショルダーのスカート部分がそれほど広がらないウエディングドレスを着ている。身頃はレースとパールが施され、スカートはオーガンジーがあしらわれた美しいドレスだ。

髪は緩く結われ、白い花とグリーンを散りばめられている。

「新郎様、花嫁様はとてもお綺麗《きれい》ですね。御髪も艶《つや》やかで。何か秘訣でもあるのでしょうか？」

最後の会話は私に向けられる。

「一度も染めたことがないので……」

「まあ、めずらしいですわね。うらやましい髪質ですわ。新郎様、ご準備が整いました」

「そろそろ招待客が来る時間だな。行こうか」

冬貴さんは腕を差し出し、グローブをはめた手を置いた。

「お似合いのご夫婦ですね」

そう言われて嬉《うれ》しいが、あくまでも契約結婚なのだ。だけど、真似事でも幸せな気持ちに包まれている。

フレンチレストランの内装は黄色みがかったクリーム色で、私たちが座るひな壇や、お客様の円テーブルには花冠と同じ白い花とグリーンで装飾されている。

招待客の受付はブライダルスタッフがしてくれ、私たちは入り口でお客様を出迎える。

「奈乃香《なのか》っ」

凪咲《なぎさ》が彼と一緒に現れた。彼女にはけっして〝穂乃香《ほのか》〟と呼ばないように伝えてある。

「すっごく綺麗！　本日はおめでとうございます」

凪咲は持っていた花束を私に渡す。

「プレゼントは良かったのに……ありがとう」

隣で笑みを浮かべる男性にも挨拶《あいさつ》をした。彼には何も話していないとのことだ。

招待状にはご祝儀、プレゼント等ご遠慮させていただきます。とあったのだが、花束やプレゼントが受付の台に積まれていった。

冬貴さんの医師仲間や看護師長の年配の女性、幼馴染みなどで、室内は黒やグレーの服装が目立つ。

看護師長はふたりいるが、年配なのでワンピースの色味は暗めだ。

唯一、テーブルが華やかだったのは、ベビーピンクのワンピース姿の凪咲と彼の席だった。

円テーブルには二、三人が座っており、小石川理事長と大学でお世話になった老齢の教授はひな壇から最も近いテーブルに着いている。

この披露パーティーは、小石川理事長に結婚したと信じ込ませるためだけに開いたと言っても過言ではない。

お客様を出迎え終え、冬貴さんは私をひな壇の前にエスコートしてマイクを持った。

「本日は私たちのために、ご出席くださりありがとうございます。美しい妻を自慢するために皆様にお越しいただきました」

冬貴さんのジョークにどっと会場が沸く。

「私たちはこのような姿をしていますが、ランチを食べに来たような感覚で食事を楽しんでいただければと思います」

レストランスタッフが乾杯のスパークリングワインを運んできた。

老齢の大学教授の献杯で食事が始まった。

食事の最中、各テーブルに挨拶に伺う。

「さすが綾瀬《あやせ》君の選んだ女性だ。美しいし内面に光るものがある」

老齢の教授が笑顔で言ってくれるが、小石川理事長は渋い顔をしている。

「ありがとうございます。私がひとめ惚《ぼ》れした妻を教授に紹介できて良かったです」

冬貴さんは教授から私に視線を向け、笑みを深める。

「小石川理事長、本日はご出席ありがとうございました」

「綾瀬君の妻をこの目で見たくてね。智美《ともみ》は傷心しているよ。まあ、気持ちだけはどうにもならないからな。だが、私の後継者になってもらえなくて残念だよ」

「私にはそのような地位はもったいないですよ」

冬貴さんは如才なく答える。

苦笑いを浮かべた小石川理事長は私に顔を向けてじっと見つめる。

「どこかで会ったことはなかったかな？」

心臓がドクッと跳ねたが、にっこり笑みを浮かべる。

「いいえ……平凡な顔なので……」

ホステスのときとはメイクが違うし……あの場にいたのは四十分くらい。どうかバレませんように。

「お幸せに。時々は綾瀬君をお借りしますよ」

「もう一度乾杯をしましょう」

教授がグラスを持った。

私たちのグラスが、レストランスタッフの手によってスパークリングワインで満たされて乾杯した。

そのあともすべてのテーブルを回って、最後に凪咲のテーブルで乾杯をしてひな壇に戻って来た。

披露パーティーから自宅へ戻って来たのは十七時を過ぎていた。

「疲れただろう？　ほとんど食べられなかったな」

緊張で目の前の料理をほんの少し口にしただけだった。

冬貴さんはレストランに言って、持ち帰り用に料理を頼んでくれた。

いただいたプレゼントや豪華な花束を運ぶために、車と玄関をふたりで四往復した。

リビングルームのテーブルの上は、色とりどりの花束で埋め尽くされている。

「たくさんいただいてしまって……」

「こんなことなら、会費制にした方が良かったかもしれなかったな」

彼の言葉に頷《うなず》く。

「でも、花束はとても嬉しいです。あ、冬貴さん、花瓶はありますか？」

ざっと数えて二十束ほどある。

招待客の気持ちなので、レストランやブライダルスタッフにあげるわけにはいかず持って帰ってきたのだ。

「祖母が陶器の趣味があるから見てこよう」

冬貴さんはリビングルームを出て、大きな陶器の花瓶をふたつ持って戻って来た。

「まだあったよ。あとどのくらい必要？」

「八個くらいでしょうか」

「わかった。奈乃香、まずは食事をしてからにしよう」

「そうですね。おなかが鳴りそうです」

おなかを手で押さえて笑い、レストランのショッパーバッグをふたつ手にして、キッチンへ向かった。


朝食とお弁当を作り職場へ行く冬貴さんを送り出してから、カフェレストランのアルバイトへ行き、帰宅して夕食を作るパターンは、仕事をかけ持ちしていた頃とは考えられないくらい平穏な日々だ。

気持ちにもゆとりが生まれていて、好きだったパンやお菓子を作って好きな人に食べてもらえる喜びも感じている。

冬貴さんは休日には外食に連れ出してくれ、以前、食べられればなんでもいいと考えていた人とは思えないほど、素敵なレストランで食事をさせてくれる。

彼は優しいし気を使ってくれ、最初の頃よりも私たちの距離は縮まっている気がする。でも、毎晩同じベッドに寝ているが、互いに触れ合うこともない生活なので、本当に彼は女性に興味がないのではないかと思い始めている。

穏やかな時間が過ぎていき、明日の土曜日は大旦那様と大奥様が帰国する日だ。


「行ってくる。祖父母はハイヤーで帰ってくるから心配いらない。俺もふたりが戻って来る前に帰宅するから」

そう言って、渡した靴べらが戻って来る。

冬貴さんはこれから出勤だ。

「万が一、戻れない場合でも心配する必要はない。ふたりとも喜んでくれているし、奈乃香を見たらもっと好意的になるはずだ」

小学生の頃、庭で遊ぶのを許してくれた大旦那様の顔は覚えている。あのときは口ひげを触れながら笑って「子供は元気なのが一番。外で遊ぶよりここの方が安全だ」というようなことを言ってくれたので、私と奈乃香は元気よく「ありがとうございます」と頭を下げた記憶がある。

その頃の記憶なんて曖昧《あいまい》なものだが、私はとても嬉しかったのだ。

「もしも緊急オペが入って帰ってこられなくても、安心してください。いってらっしゃいませ」

「そのときはよろしく。じゃあ」

冬貴さんが玄関を出て行った。

広い玄関ホールの下駄箱の上に、披露パーティーでいただいた花瓶に入った百合《ゆり》やカーネーション、スプレー菊《ぎく》やカスミ草に笑みを深める。

約半月が経って、あちこち飾った花はしおれてだめになったのもあるが、毎日手入れをしていたので、玄関ホールの花はまだ数日は元気のはず。

おふたりが横浜《よこはま》の大さん橋に到着するのは十四時くらいなので、こちらに到着するのは十六時を過ぎるのではないかと思う。

夕食を初めて食べてもらうので、何を作ろうか迷っている。

豪華客船の食事は和洋中なんでもあって、和食が恋しいということもないだろう。

「そうだ。おばあちゃんに、おふたりの好きなものを聞けばいいんだわ」

土曜日の面会時間は十一時からになっているので、尋ねてから買い物をしても間に合う。

「おばあちゃん」

病室へ入ると、明るい顔の祖母がいた。

「奈乃香、今日は早いね。ああ、そうか。土曜日だね」

「何かいいことでもあった？」

「病院で良いことなんて、ひとつもないけどね。明後日、これが取れることになったんだよ」

これとはギプスのことだ。

「本当に？　良かったわ。これで動けるようになるね。リハビリ頑張らないと」

「ああ。早く動きたいね。痒《かゆ》くてたまらないよ」

祖母は皺《しわ》のある顔を緩ませる。

「おばあちゃん、大旦那様と大奥様が帰国するの。それで何がお好きなのか聞きにきたの」

「もうそんな日が……こんな風になってしまって顔向けできないねぇ」

しょんぼりと愚痴《ぐち》をこぼすが、怪我をしたくてこうなったわけじゃないんだからと励ますと、祖母はおふたりの好きなものを教えてくれた。

その後、病室をあとにして食材を買って帰宅した。

おふたりはお赤飯が好きだとのことで、キッチンへ入って支度を始めた。その他にも春菊の胡麻和えや鯛のムニエル、肉豆腐などの下準備をしていると、冬貴さんが大学病院から戻って来た。

「おかえりなさい」

「ただいま。今から料理を？」

「やることもないですし」

「ずっと立ちっぱなしだろう？　ドーナツを買ってきたんだ。ひと休みしよう」

「ちょうど甘いものが食べたいと思っていたんです。コーヒーを入れますね」

さっそくコーヒーメーカーに粉と水を入れて二杯分落ちると、隣のダイニングテーブルへ運んだ。

冬貴さんは着替えに行っていたようで、カジュアルな紺の半袖の襟付きシャツにジーンズ姿で戻って来た。

ドーナツの箱を開けると色々な種類が入っていて、その多さに驚かされる。

「冬貴さん、たくさん食べられて嬉しいですが、太らせたいのですか？」

コーヒーカップを形のいい唇に当てた彼は笑う。ひと口飲んだ冬貴さんは口を開く。

「そうかもしれない。好きなだけ食べろよ」

お皿に生クリームの入ったドーナツを取り、彼はチョコレートがかかったシンプルなドーナツを選んだ。

「おばあちゃんのギプス、明後日取れるそうです」

「それは良かった。身動きができなくて今までつらかっただろう。年だから少し長かったな」

「はい。痒いと言ってました」

「患者はみんなそう言うよ」

くすりと笑って、彼はドーナツを摘まんで口に運ぶ。

冬貴さんの手は男性だから節が目立つけれど、スラリと長い指で見惚《みと》れてしまう。

今まで男性の手を見てもそんなことは思わなかったのに、冬貴さんの手や指には目を奪われてしまう。

やはり好きな人だとすべてが好ましく思うのだろう。

十六時過ぎに大旦那様と大奥様が帰宅した。

年齢はおふたりとも八十歳だと聞いているが、しゃきっとしている。

玄関にキャリーケースが四つ、段ボール箱が同じく四つ。その他の荷物は明日到着するらしい。

「おじいさん、おばあさん、おかえり。行くときよりも若返ったみたいですね」

玄関で出迎えた冬貴さんの横に立ち、対面に胸をドキドキさせている。

「ただいま。楽しすぎたよ。こちらが奈乃香さんか。突然のことに驚いたが、冬貴が幸せそうで何よりだ」

「奈乃香です。至らない点もあるかと思いますが、よろしくお願いいたします」

おふたりに頭を下げると、大奥様が「まあまあ、お嫁さんに来てくれて本当に嬉しいのよ」と言って、私の顔を上げさせた。

「冬貴、とても感じの良いお嬢さんね。私、たしか高校生のときの奈乃香さんをお見かけしているの。たしか、あのときは金髪だったわね」

え……？

一瞬、体が硬直した。

「奈乃香が金髪？　想像できないな」

冬貴さんの視線を感じて取り繕う笑みを浮かべたところで、大奥様が続ける。

「今は落ち着いた女性になって。色々と経験するのは良いことだわ。あのあと、ご家族は事故に遭われて……とみさんの嘆きようは見ていて胸が痛かったわ」

「毎年十二月になるとつらかったですが、今は冬貴さんがいてくださるので克服できるのではないかと思います。あ、ただいまお茶をお入れします」

そう言ってキッチンへ引っ込み、用意していたお茶菓子とお茶を用意した。

披露パーティーのとき、ブライダルスタッフの人に髪の毛を褒められ、一度も染めたことがないと私は言ったのだ。

あのときの会話を、冬貴さんが覚えていませんように。


その夜、お風呂から上がってベッドルームのドアを開けて足が止まる。ベッドのヘッドレストに体を預けた冬貴さんと目と目が合い、何かを考えているような眼差《まなざ》しに心臓がドクンと跳ねた。

すぐに笑顔でベッドに近づき、彼の反対側に体を滑らせて横になる。

「今日は神経を使いすぎて疲れただろう。お疲れ」

「お料理をたくさん褒めていただいたので、ホッとしました。小学生の頃、ここのお庭で遊ぶことを大旦那様に許していただいたときのことを覚えているんです。外で遊ぶよりもここの方が安全だと言って、優しく笑ってくださったんです」

「ああ……とみさんは庭を荒らすのではないかと懸念して反対だったようだが、おじいさんが許可したと聞いている」

「あの頃が……懐かしいです……」

「俺は穂乃香ちゃんと話をしたことがあるが、奈乃香とはなかったな」

私ったら、バカだわ。あの頃の話なんてボロが出てしまうかもしれないのに。

「ふたりが遊んでいるところは、時々見かけていたが。君たちはそっくりだったな。だが、どこか自分を抑えている穂乃香ちゃんは見分けがついた」

「……自分を抑えていた？」

「ああ。心臓病を抱えていたから思う存分走れないし、常に自分を抑えて行動していたんだろう。まだ幼かったのに」

彼の言うことは当たっていた。

私はいつも心臓病が酷くならないように、自分を抑えて行動していたのだ。

「彼女が生きていたら、今も奈乃香とそっくりだっただろうか」

「そ、それはどうでしょう……」

「大人になった穂乃香ちゃんに会ってみたかったよ」

今ほど、冬貴さんを騙していることに後ろめたさを感じたことはない。申し訳なくて、目頭が熱くなった。

「……冬貴さんは穂乃香の命の恩人ですよね。穂乃香……お礼を伝えたいと、以前言っていたのを覚えています。あ、もうこんな時間！　早く寝ないと明日起きられないです」

時計は二十四時になろうとしていた。

明日から朝食は四人分だ。その分、作る時間もかかる。

「おやすみなさい」

「おやすみ」

サイドテーブルにあるライトの明かりを消して、枕に頭をつけて目を閉じる。

冬貴さん側のライトも消された。

暗闇と静けさに包まれる。眠ろうとしているのに、冬貴さんの存在が気になってしまい、なかなか寝つけなかった。

七月の上旬も終わったが、梅雨の真っただ中で、今日も雨が降っている。

「奈乃香さん、足元が悪いわ。アルバイトへ今日も？」

「はい。おばあ様、帰りに何か買ってくるものはありますか？」

大旦那様と大奥様の呼び方をしていたら、おじい様、おばあ様はどうかしら？　と、提案してくれたのだ。私としても舌を噛《か》まずに済むので、そう呼ばせてもらっている。

「お金に困っているわけじゃないでしょう？　外で働くなんて必要ないのでは？」

やはり綾瀬家の嫁として、カフェレストランでアルバイトをするのは好ましくないのだろうか。

「おばあ様、すみません。新しい人が雇用されたら辞めますので」

「それが良いと思うの。私が華道と茶道を教えますからね。あと、お着物もいくつかあつらえましょう。お呼ばれのときは見栄えがいいわ」

華道と茶道は興味があったものだ。色々と学べるものは学びたいし、おじい様とおばあ様ともうまくやっていきたい。

ここで過ごすのも、残り十カ月足らずだが。

「奈乃香、明日はホテルで夕食をとって泊まろう」

緊急のオペで二十二時過ぎに帰宅した冬貴さんは、遅い夕食を食べている。

明日は土曜日だ。

「ホ、ホテルに泊まる……？」

彼の対面に座って飲もうとしていた湯呑《ゆのみ》をテーブルに置いて目を見開く。

「でも、おじい様とおばあ様の食事が」

それに泊まるって……？

困惑していると、冬貴さんが口元を緩ませる。

「だから言っているんだ。ふたりが帰国して色々と大変だっただろう？　いや、今も大変なはずだ。この家にいればずっと気を張っている」

「たしかにずっとひとりだったので、常に家に人がいるのはまだ慣れませんが……」

「ふたりは大丈夫だ。とみさんだって土日は休みだったから、祖母が料理をしていたし」

そこで冬貴さんはふっと自虐的に笑う。

「それなら、ひとりで泊まった方がいいのかもしれないが」

「え？　い、いいえ！　ひとりでホテルなんて！」

「じゃあ、決まりだな。ふたりには俺から言っておく」

話はこれで終わりとばかりに、残りの料理を食べ始めた。

翌日、朝から冬貴さんとの約束に落ち着かない気分だった。朝食の席で、彼はおじい様たちに今夜はホテルで食事をして泊まることを伝えた。

「それがいい。ふたりは新婚なんだから、色々出かけて楽しまなくてはな。奈乃香さん、冬貴の勤務のせいで長期休暇が取れずに済まない。高校生の最後の進路で突如、医者になると言い出してな。父親と同じように投資家になるはずだったが」

彼は最初から医師になるつもりではなかったのね。

今では病院長も一目置いている心臓外科医で、大勢の人を救っている。患者さんにとって、投資家にならないで良かったのだと思う。

「お食事、今夜の分とおかずをいくつか作っておきます」

「奈乃香さん、そんなこと気にしないでいいのよ。私もたまにはお料理をしなくては、腕がなまってしまうわ。冬貴さん、ハネムーンがまだでしょう。奈乃香さんのために考えてね」

「ハネ――」

「おばあさん、ご心配なく。ちゃんと考えていますよ。ヨーロッパを巡るのもいいかもしれません。それとも俺がいたニューヨークもいいな」

ハネムーンは今のところいいですと、そう言おうとした私の言葉を遮《さえぎ》って、冬貴さんが返答する。

ああ言っておけば、おばあ様たちが満足するのを冬貴さんはわかっているのだ。

ハネムーンを楽しんでいる自分を想像してしまいそうだ。

そんなこと、ありえないのに。

「そろそろ出勤の時間だ。奈乃香、戻って来たら出かけるから支度を済ませておいて」

「はい。わかりました」

土曜日は帰宅がまちまちだけど、今日は十五時頃、帰宅すると言っていた。

九、彼の愛に包まれて

昼食後、出かける支度を始める。

ホテルで食事は何回かしていて、今回もなんら変わりないお出かけだが、いつもと違うのは、私のために宿泊プランの計画を立ててくれているところだ。

「今日は暑いから、これでいいかな」

クリーム色のノースリーブの襟付きワンピースを選んだ。これにローズレッドのカーディガンを羽織れば、ホテルでの食事でもおかしくないはず。

ローズレッドは私に似合うと言って、先日、冬貴《ふゆき》さんがプレゼントしてくれたものだ。もちろんこのワンピースもそう。

いつもは梳かしただけの髪を、ヘアアイロンで毛先だけ巻いてみた。ヘアアイロンは凪咲《なぎさ》の披露パーティーのプレゼントで、メッセージカードに【これでおしゃれしてね】と書かれていた。

なんとか毛先をふんわりさせて、軽くメイクも施した。その出来栄えを見ながら、考えるのは冬貴さんがどう思うかだけで、連れ歩いても恥ずかしくないように気をつけている。

宿泊の用意もする。冬貴さんは自分の分は昨晩準備していた。

少しして冬貴さんが帰宅して、すぐに家を出る。

「いつもと雰囲気《ふんいき》が違うな」

「凪咲からヘアアイロンをもらったので、初めて使ってみたんです。ホステスをしていた頃は咲《さき》さんにやってもらっていたので、手こずってしまいました」

「似合ってるよ」

ストレートに褒《ほ》められ、照れ隠しに車窓から外へ視線を向けた。

車が首都高速道路に乗ったのがわかった。

「高速でどこへ……？」

「横浜《よこはま》だ」

彼は巧みな運転で本線に合流する。

「私、横浜は行ったことがないんです。楽しみです」

「電車でもそれほどかからずに行けるのに……夕食まであちこち回ろう」

今まで忙しかったし、無駄遣いもできなかったので、近場でさえ遊びに出かけたことがあまりなかったのだ。

「本当ですか？」

まるで観光旅行のようだ。嬉しくて破顔する。

「ああ。スマートフォンで検索して、行きたいところを言ってくれ」

「ありがとうございます！」

バッグからスマートフォンを取り出すと、横浜の観光地を検索し始める。

どうしよう……初めてのデートみたいでうきうきしている。


一時間後、横浜中華街近くのパーキングに車が止められた。車から降りて、ムワッとした空気に包まれ、カーディガンを脱ぐ。

冬貴さんは帰宅して半袖の水色のサマーニットにグレーのスラックスだ。

パーキングを出て少し歩いた先に、テレビで見たことのある【中華街】と書かれている門が目に飛び込んできた。

「わぁ、素敵《すてき》。中国に来たみたいです」

「中華街の門はいくつもあって、それぞれデザインが違うようだ」

門をくぐり歩いていると、美味しそうなお店がいくつも並び、たくさんの人が食べ歩きをしている。

「夕食までにはまだ時間があるな。何か軽く食べよう。どれがいい？」

「えーっと……」

窓ガラスの向こうで作っている翡翠《ひすい》色をした小籠包が目に入った。

「あれが――きゃっ」

前を見ないでやって来た女性とぶつかりそうになったところを、冬貴さんに腕を掴《つか》まれ寸でのところで衝突を免《まぬが》れた。気づくと冬貴さんの胸の中にいて、慌てて離れた。

「あ、ありがとうございます」

「いや、あれが食べたい？　美味しそうだ」

冬貴さんも窓ガラスから見えるひと口サイズの小籠包を見て賛成する。彼は白と翡翠色の小籠包のセットを購入してくれた。

「熱いから気をつけろよ」

「はい。いただきます」

熱々の小籠包を少し冷ましてから食べて、満足の笑みを浮かべる。

「こちらの皮はほうれん草が練り込まれているんですね。んっ、美味しいです。冬貴さんも食べてみてください」

　お箸を冬貴さんに渡す。

「ほうれん草、そんなこともわかるのか」

「いちおう……たくさん勉強したので」

　冬貴さんも翡翠色の方を食べたが、わからないと言って笑う。その笑みに、胸が高鳴る。

　食べ終えてゴミ箱にパックを捨てて歩き始めたとき、ふいに私の手が掴まれた。

　びっくりして冬貴さんを見上げる。

「またぶつからないように」

「は、はい」

　大きな手に包まれて、鼓動が暴れ始めた。

　冬貴さんにとって、手を繋いでいるのは危険回避のため。そう自分に言い聞かせて、ドキドキする心臓を落ち着かせようとした。

「次は何を食べたい？」

「冬貴さんの食べたいもので」

「俺はコーヒーが飲みたい。あそこにある」

彼はアイスコーヒー、私には黒糖ミルクティーのタピオカ入りを買ってくれた。

その後も可愛らしいパンダの中華まんや、ハリネズミをモチーフにしたカスタードまんで目の保養をしつつ、種類が豊富な中華菓子をひとつひとつ選んで買った。

中華菓子は、おじい様とおばあ様へのお土産だ。

見るものすべてがめずらしく、本当に楽しい時間だった。

中華街をあとにして、次のリクエストした場所へ向かった。

もうすぐ十八時になろうとしているが、まだ外は明るく、近辺をドライブして横浜の街を見渡せる観覧車に乗せてもらった。

「冬貴さん、ありがとうございます。横浜って素敵なところですね」

「気に入ったのか？　それならまた来よう」

観覧車を降りる頃には、空は薄暗くなっていた。

その後、横浜の中でもランドマーク的な最高級ホテルにチェックインした。

部屋に入る前に、二階にあるフレンチレストランで食事をすることに。

レストランは貴族の邸宅のような素敵な空間で、まさに大人の雰囲気が漂い、お客様も年配の男女が多い。

三種のひと口サイズの盛り合わせのアミューズと共に、冬貴さんが選んだスパークリングワインをいただく。

鴨肉のローストやマリネは、スパークリングワインによく合う。

対面に座る冬貴さんはくつろいだ様子で、丈の長いグラスを口に運んでいる。

続いて運ばれてきたカニとキャビアの前菜や、トリュフとアワビを使ったスープなど、新鮮な素材や美しいお皿にもこだわっていて、昼間にたくさん歩き食べをしたのに、美味しくてしっかり食べられる。

「最近、とみさんの見舞いに行けていないが、どう？　リハビリは？」

「痛い痛いと言いながらも、頑張っているみたいです」

「それは良かった」

他愛のない会話をしつつ、素晴らしい料理を堪能させてくれる冬貴さんに、心の中で感謝する。私たちの契約結婚はウインウインの関係だと彼は言ったが、私の方にだいぶ理があると思う。

「披露パーティー以来、小石川理事長とはお会いになりましたか？」

「いや、もう用事がない限り連絡はないだろう」

ということは、冬貴さんの悩みはすっかり解消されたことになる。

私は冬貴さんから離れた方がいいのかもしれない。でも、祖母の復帰の予定は立てられない。

私は一年が経てばそれで簡単に別れられると思っていた。でも、冬貴さんを愛してしまった。

もっともっと彼への気持ちが深くなる前に……。

メインのフィレ肉を切っていた彼は手を止めて、グラスに手を伸ばして私を見遣《みや》る。

「どうかしたのか?」

「え? あ……、冬貴さんがナイフとフォークを持つ手つきが鮮《あざ》やかだなって。ごめんなさい。そんなことを言うと食べたくなくなりますか?」

赤ワインを飲んで、笑みを浮かべる。

「平気だよ。柔らかい肉で美味しい。奈乃香《なのか》も冷めないうちに食べて」

「はい」

フィレ肉をひと口に切って、お皿に芸術的に添えられたソースをつけて食べた。

冬貴さんの言うとおり、とても柔らかくて、極上のフィレ肉に舌鼓《したつづみ》を打った。

格別に美味しい料理にお酒も進み、フレンチレストランを出たのはすっかり遅い時間になっていた。エレベーターに乗って、冬貴さんは宿泊階のボタンを押した。

「あ……、荷物は……？」

「部屋に入っているはずだ」

「そうなんですね。すごい……ごめんなさい。こういったホテルに泊まったことがなくて」

「謝る必要はない。君はずっと頑張ってきたんだ。これからは好きなだけ泊まれるようになるさ」

これは別れたら……ということなのだろう。

「そうだといいのですが……」

だんだん神経が張り詰めてくる。

家のベッドルームなら意識しないでなんとかやり過ごしているけれど、ホテルの部屋にふたりきりだと思うと緊張感が高まっていく。

なんてことない。いつもと同じよ。今回はツインルームで、ひとりひとつのベッドでゆったり眠れるかもしれない。

もしかして、冬貴さんの目的は、ひとつのベッドでのびのびと眠りたいから……？

それにしても、ずいぶん部屋は上の方なのね。

そのとき、エレベーターが止まり観音開きのドアが開いた。

冬貴さんが先に歩き、宿泊する部屋の前に立ちカードキーでドアを開けた。

先に入るように促され、中へ歩を進める。そこであっけに取られる。

室内は私が知っているホテルの部屋ではなかった。ラグジュアリーなソファセットや、バーカウンターにダイニングテーブル、プレジデントデスクまである。

何よりも部屋の広さに驚きを隠せない。

これは噂《うわさ》に聞くスイートルーム……？　どうして？

尋ねてもいいものなのかと困惑しながら、大きな窓に近づき見下ろす。先ほど乗った観覧車や横浜の夜景が見える。

「ふ、冬貴さん、夜景が素敵で……」

振り返ると、冬貴さんはすぐ後ろにいて胸に顔が当たる。倒れないように彼の腕がウエストに回って支えられる。

「ご、ごめんなさい」

慌てて離れようしたが、冬貴さんの腕は外されない。

「冬……貴……さん？」

驚いて見上げた瞬間、顔が近づいて唇が塞《ふさ》がれた。びっくりして彼の腕の中で直立不動のまま動けない。

冬貴さんの唇が私の唇を甘く食《は》むのを拒否できなかった。それどころか喜びに体が震える。

「口を開けて」

近すぎるせいか、彼の囁《ささや》きは耳の奥を刺激する。

言われるままにほんの少し唇を開くと、熱い舌が忍び込んできた。歯列や、頬の内側をなぞられ、今まで知らなかった口づけに、おなかの奥が疼《うず》く。

愛している人の口づけは、こんなにもふわふわとした気分になるのね。

無我夢中で冬貴さんのキスに応えていたが、彼の指が胸のボタンが数個外されたとき、冷や水を浴びせられたようにハッと我に返って、力いっぱい筋肉質の胸板を押して離れた。

「わ、私、できませんっ」

もう少しで手術の痕が見えるところだった。

ワンピースの胸元をギュッと握り、首を左右に大きく振った。脚が震えてその場にへたり込んでしまいそうだ。

冬貴さんは眉根を寄せて、真剣な顔で私を見つめている。その視線から逃れるように俯《うつむ》く。

「……君は穂乃香《ほのか》なんだろう？」

心臓がドクンと大きな音をたてて跳ねた。

「……」

「何か言ってくれ」

「……ど、どうして死んだ妹の名前を出すんですか？」

「誤魔化さなくていい。俺の妻は奈乃香ではなく穂乃香だ。そうだろう？」

「妹は死んだんです」

認めるには早すぎる。冬貴さんが戸籍を調べたらわかってしまうが、離婚するときにちゃんと話そうと思っていた。祖母がまた家政婦として復帰したあとに……。

「なぜ、そう言い張るんだ？　一度も髪を染めたことがないと言ったのは嘘《うそ》だったのか？　祖母の言っていた奈乃香は金髪だったのは？　どう考えても君はやらない」

「こ、高校のときだったから、すっかり忘れていただけです」

「まったく頑固だな。君の口から穂乃香だと認めてほしい。事故後、弔問をしたとき、俺の人生を変えた穂乃香に〝ありがとう〟と生きているうちに言えたなら、どんなに良かっただろうと悲しかったんだ」

「冬……貴さん……」

おじい様も、彼は突然進路を変更したと言っていた。

そのきっかけが……私……？

私のために、冬貴さんはお医者様になったというの？

「俺には君が誰であっても、愛しいことには変わりはない」

「え……？」

「君という存在が大切なんだ。一緒に生活するうちに君を愛し始め、ずっと君を見ていたい気持ちに駆られていた」

私を愛して……？

思いもよらない告白に涙腺がじわりと緩んでくる。

「一年間だけではなく、生涯俺の妻でいてくれないか。俺を愛していなくても、愛するようにしてみせる」

胸が熱くなって涙が溢れてくる。

ずっと冬貴さんのそばにいたい。だけど、私の体は……。

涙が彼の指の腹で拭《ぬぐ》われる。

「座って話をしよう」

手を引かれ、ラグジュアリーで高さのあるソファに座らされ、冬貴さんはバーカウンターへ行った。

正直にならなければ、私は冬貴さんを傷つけてしまう。だって私は、子供を産めるかわからないのだから。

彼は琥珀《こはく》色の液体の入った飲み物をふたつ持って戻って来た。

「さあ、飲んで」

「……冬貴さん、騙してごめんなさい。私は穂乃香です」

「穂乃香、会いたかったよ」

冬貴さんは柔らかく微笑《ほほえ》んだ。

彼の微笑みにつられて、私も小さく笑みを浮かべる。

『なのちゃんとかくれんぼしているの。おやしきにすんでいるおにいさん？』

『かくれんぼをしていたんだ。そう、冬貴って言うんだ』

『ふゆきおにいさん』

彼と初めて交わした会話を思い出した。

「しかし、わからない。とみさんはなぜ君を〝穂乃香〟と呼ばない？」

「事故のあと、おばあちゃんは本当に私を奈乃香だと思い込んだんです。いくら否定しても穂乃香は死んだんだの一点張りで。手術の傷跡も見せました。でもわかっててもらえなくて。病院ではショックが強い場合、記憶を取り違えることもあるのだと」

「かわいそうに……だから一緒に住まずにひとり暮らしを？」

「おばあちゃんは両親の関心が平等ではなく、病気を抱えた私に向けられていると考え、奈乃香が寂しい思いをしてかわいそうに思っていたんです。実際、私は最後の手術まで心配をかけ通しでした。だから、おばあちゃんは奈乃香を可愛がっていました。死を受け入れられなかったんです」

　祖母が言った『奈乃香、お前が不憫《ふびん》で仕方なかったよ。バチが当たったんだね』と言われたことは、口にすることができなかった。

「奈乃香は寂しかったんだと思います。その寂しさから中学生になると不良と遊び始めて、高校生になってさらに酷《ひど》くなり、補導されたことも何度かありました。クリスマスの日、奈乃香は補導されて両親が迎えに行ったんです。その帰り道、中央分離帯にぶつかって……」

　あのときのことが蘇《よみがえ》り、神経が高ぶってきてしまい必死に嗚咽《おえつ》を堪《こら》える。

「なんてことだ……」

　冬貴さんに抱きしめられ、背中をゆっくり擦られる。

「つらかったな。もう大丈夫だ。これからは俺が君を守る」

「冬貴さん……私は子供を産めないかもしれないんです。だから……私との結婚は契約のままで……」

広い胸から体を少し離して、涙にむせぶ顔で見つめる。

「何を言っているんだ？　子供のいない夫婦なんてめずらしくない。俺たちは俺たちだ。俺の妻でいるのが嫌で理由づけているのか？」

「嫌じゃないです！　冬貴さんを愛しています。愛しているから、ちゃんと考えなければならないんです！」

「穂乃香は相手のことを考える優しい女性だ。そんな女性に、一生そばにいてほしいんだ」

真剣な眼差しを向けられ、冬貴さんがそばにいてくれれば思い切った決断さえもできる気になる。

「冬貴さん……」

彼の気持ちを知った今、もう二度と離れるなんて考えられない。おじい様とおばあ様のように仲睦まじい夫婦になりたい。

「穂乃香、愛している。何も考えずに俺についてきてくれ」

頬が大きな手のひらに包まれ、そっと唇が重なった。

「はい……よろしくお願いします」

嬉し涙が止まらず、冬貴さんのキスは少ししょっぱかった。

ひとりでバスルームを使い、タオルを巻いた姿でパウダールームの鏡に全身を映してみる。

胸の手術の痕……心臓外科医の冬貴さんなら見慣れているだろうけど、愛している人に見せるのは……。

でも、怖がらずに……一歩一歩進まなければ。

冬貴さんに愛されたい。

彼は私の心臓が治っているのか尋ねた。心臓の機能は普通の人と変わらないと話し、私たちは愛し合うことを決めたのだ。

白いタオル地のバスローブを羽織り、きっちり胸元を合わせてウエストを結んだ。

どうせ見られるのに……いつもの習慣で隠してしまう。

部屋に戻ると冬貴さんはバスローブ姿のままで、先ほどのソファでスマートフォンを見ていた。

私に気づいた彼は立ち上がって近づいてくる。

そしてびっくりする間もなく私を抱き上げ、ベッドに向かう。

シーツの上に静かに下ろされて、ふかふかの枕に頭が着いた。

初めてのことに、心臓がバクバクと冬貴さんに聞こえてしまいそうなほど暴れている。冬貴さんは私に覆《おお》いかぶさるようにして、顔の横に両腕を置いて私を見下ろす。

「俺は医者だ。どんな傷にも驚かない。むしろその傷のおかげで穂乃香の命が助かったことに感謝しかない」

目と目を合わせて、きっぱり断言する。

「冬貴さん……ありがとうございます。体を起こしてもいいですか？」

脱がされて見せるのではなく、自分から脱いで見せたい。

彼の言葉は胸を打ち、勇気をもらえた。

上体を起こされ、向き合う形になる。そしてウエストの結び目をほどき、バスローブの前を開いた。

冬貴さんは胸の間にある縦に走る傷に、長い指を滑らせる。

その手つきは主治医とは違い、ゆっくりと官能的だ。

「だいぶ薄くなっている。綺麗な傷跡だ」

そう言って、私を押し倒して傷跡に唇を触れさせた。

「穂乃香の体は息を呑《の》むほど美しいよ。陶磁器のような肌にピンク色に色づいた胸、俺の忍耐力がいつまでもつか。正直に言うと、毎晩、隣であどけなく眠る穂乃香の寝顔に触れたくて悶々としていた。よく今まで襲わなかったと自分を褒めたいよ」

「私、冬貴さんは女性に興味がないのかと。アメリカに男性の恋人が待っているのかなと……」

冬貴さんは一瞬あっけに取られた顔になってから、不敵に笑う。

「男なんて興味がない。俺がゲイじゃないって証拠を見せてやる」

唇を重ね、スルリと舌を侵入させて、私の舌と絡ませた。

情熱的なキスに翻弄《ほんろう》されている私は、手をバスローブの中の引きしまった肌に滑らせる。くすぐったかったのか、彼はクッと顔を緩ませて私の手を掴むと下半身の方へ動かした。欲望の塊に触れてびっくりする。

「わかっただろう？　穂乃香の中へ入りたくて仕方がない」

胸の頂《いただき》が甘く口に含まれ、舌でねっとりと舐《ねぶ》られる。

「んぁ……っ」

彼の舌が動くたびに、快感が足の先まで流れていく。

男性を受け入れるのが初めての私を、冬貴さんは時間をかけて蕩《とろ》かせて、最高の時間を与えてくれた。

冬貴さんと心を通わせ、幸せな時間を過ごし……言い表せないほど気持ちは満ち足りていて、彼への愛でいっぱいだった。

横浜からの帰りの車の中で、小さい頃の話など話題が尽きることはない。

「私、冬貴さんに会ったことがあるんです」

「それは……〝かれん〟で会う前ってことか？」

「はい。実は私、東和《とうわ》医科大学病院で管理栄養士をしていたんです」

前を向き運転をしていた冬貴さんは、一瞬私の方を見て驚いた顔になって、すぐさま戻す。

「そのときも俺を知ってた？」

「もちろんです。最初に見かけたのは食堂で、たくさんの看護師に囲まれていました」

「マジか……」

冬貴さんは、肩をすくめてから笑う。

「もう一度、今度は至近距離でした。事務室で」

「……もしかして、貧血症状が見られるから病院へ行くようにと言った女性か？」

「当たりです！　お線香をあげに来てくれてから何年も経っていますし、おばあちゃんの孫だとはわからないだろうと思っていましたが、立ちくらみが治まるのを待っていたら冬貴さんが声をかけてくれたんです」

「つらそうに見えたんだ。あの頃、すでにホステスを？」

「はい……あ！　病院には内緒でお願いしますね」

そう言うと、冬貴さんは前を見ながら、深いため息を漏《も》らした。

「まったく……、苦労しすぎだ」

「でも、私思うんです。それを経たから、今があるのだと」

「すごい前向き発言だな。穂乃香を見習わなければ」

この話も以前からしたいと思っていたが、もうひとつ話したいことがあった。

それは、車が到着してからにしよう。

窓の外へ顔を向けると、夕陽が落ちかけていて、空がオレンジに色づいていた。

車は首都高速道路を降りて綾瀬《あやせ》家の駐車場に止められた。そこでエンジンを切った彼に顔を向ける。

「冬貴さん……」

「何？　言ってみて」

冬貴さんは私を見て、穏やかに続きを促す。

「……私、赤ちゃんを産みたいです」

私の言葉に、冬貴さんはハッと息を呑む。

「穂乃香、それにはリスクがある」

「リスクがあっても、冬貴さんの子供を産んで育てたいし、賑《にぎ》やかな家族が欲しいんです。冬貴さんは凄腕の心臓外科医じゃないですか。あなたがいてくれれば、どんなことでも乗り越えられます」

冬貴さんの手のひらが頬に触れる。

「それは前向きすぎる……。だが、穂乃香の気持ちもわかるよ……一度、心臓を診させてくれ」

「わかりました。赤ちゃんを抱けるのなら、どんなことも厭《いと》わないです」

「君は大変な道のりを過ごしていたのに、美人で、性格も良く、勇気もあって、驚かされっぱなしだ」

色々褒めてくれたが、彼から美人だと言われると、恥ずかしくなる。

「冬貴さんって、口がうまかったんですね」

照れ隠しにからかうと、鼻を摘まれてから唇が重なった。


その週の金曜日。

十一時過ぎに東和医科大学病院の心臓外科、冬貴さんの職場へ赴《おもむ》いた。前もって職場で一緒だった彩乃《あやの》さんに連絡を入れて、彼女の休憩時間に会うことにもなっている。

お弁当を作っていく約束もしているので、その日の朝から数種類の味付けが違ういなり寿司や卵焼き、唐揚げなど、数種類のおかずを五人分作った。ふたり分はおじい様とおばあ様の分だ。

久しぶりの病院のロビーに懐かしさを感じながら、受付を済ませて心臓外科へ向かおうとした。

そのとき——。

「穂乃香」

声をかけられ振り返ると、ブルーのスクラブの上に白衣を羽織り、ポケットに片手を入れた冬貴さんが立っていた。

その姿を見るのは事務室で会ったとき以来で、自分の夫ながら見惚《みと》れてしまう。

「冬貴さん、お疲れ様です」

「荷物を預かるよ」

彼は私が持っていた荷物を持ってくれる。

「ひとつは冬貴さんのお弁当です」

「ありがとう。では、検査室へ行こうか」

検査は小さい頃からしていて慣れているが、そばに冬貴さんがいるのが初めてでドキドキする。

部屋に検査技師が待っていて、一通りの説明を受けたのち検査着に着替え、台の上に乗った。いくつかの検査が終わり診察室の前で待っていると、看護師に呼ばれ診察室の中へ入る。

冬貴さんがデスクの前の椅子《いす》に座り、画像を見ていた。看護師はカーテンの向こうへ消える。

かっこいい……。彼のようなビジュアルのいいお医者様は初めてだ。

「お疲れ。座って」

「はい」

どんな診断が下されるのか心配で、神妙な面持ちになる。

「心臓は問題ない。よって、子供を産むリスクも最小限になる」

「じゃあ、産めるんですね？　本当に？」

嬉しくて破顔した私に、冬貴さんも笑みを浮かべた。

「まずは妊娠しなければ産めないな。協力するよ」

「も、もう……協力って、一昨日も……」

しれっと口にされ、恥ずかしくなって顔に熱が集中し、頬に手を当てた。

冬貴さんは笑って、腕時計へ視線を落とした。

「もうすぐ友人との約束の時間だな。行って来て」

「はいっ」

預かってもらっていた荷物を受け取り、彩乃さんと待ち合わせている大学病院の中庭へ向かった。


彩乃さんは中庭の垣根近くのベンチに座っていた。そのベンチはあまり目立たない場所なので、働いていたときは天気のいい日にお弁当を食べるときもあった。

彩乃さんは調理服を脱いで私服になっている。

私に気づいた彼女は立ち上がって手を振った。

「穂乃香さん！　見違えたわ。服装まで変わった？　仕事はうまくいっているの？」

「お久しぶりです。これ、どうぞ。食べながらお話をしましょう」

彩乃さんの休憩時間は一時間しかない。

おしぼりとお弁当、保冷剤で冷やしたお茶のペットボトルを出した。

「わざわざ作って来てくれてありがとう」

「お口に合うといいのですが」

彩乃さんは蓋《ふた》を開けて、「わぁ、綺麗で美味しそう」と喜んでくれる。

「あ、そうそう。綾瀬先生、覚えてる？　毎日愛妻弁当なのよ？　もう看護師たちったら、先生の突然の結婚に見事玉砕しちゃって」

彩乃さんは私が困惑しているのにも気づかず続ける。

「理香《りか》さんが綾瀬先生の愛妻弁当を何度か見たらしいんだけど、それはそれは彩りや栄養バランスが良かったんだって。綾瀬先生は看護師たちや同僚に自慢をしているらしいわ。私もお弁当を見てみたいわね。穂乃香さん、いただきます」

彼女はいなり寿司をパクッと半分口にした。

「彩乃さん、実は……私がそれを作った張本人です」

「え？　ゴホッ、ゴホッ。んんっ、意味が……？」

喉に詰まったものをお茶で流し込み、彩乃さんはあぜんとした顔で私を見る。

「驚きますよね。あの、最初から話すので食べながら聞いてください」

言葉が出ない彩乃さんはコクコク頷《うなず》き、私は結婚した経緯を話し始めた。

時間がないので簡単に話したあと、彩乃さんは大きなため息を吐《つ》いたのち、にっこり笑みを浮かべた。

「穂乃香さん、おめでとう。もう、腰を抜かすくらいびっくりしたけど。なんてロマンチックなんでしょう」

「ロ、ロマンチックといっても、小さい頃に助けてもらったというだけで……」

「でも、穂乃香さんを助けなかったら、綾瀬先生は医者にはなっていなかったわけでしょう？　これは運命よ」

彩乃さんは持っていたお弁当箱をベンチに置いて、私の手を握る。

「本当に良かったわ……これからはもっともっと幸せになってね」

「ありがとうございます。彩乃さんがいてくれたから心強かったです」

私を心配し、力になってくれた彩乃さんに心を込めてお礼を伝えた。

日曜日、冬貴さんとふたりで祖母を見舞いに行くと、担当医が現れて火曜日に退院が決まったと報告された。

杖《つえ》をつけば歩けるが、長い時間は痛みと体力低下で無理のようだ。

「おばあちゃん、良かったね。退院よ」

退院できるというのに、祖母は浮かない顔をしている。

「とみさん、戻ってもすぐに復帰はせずに、散歩して足を動かしてのんびり過ごすといい」

「冬貴様……ありがとうございます」

彼が声をかけても、祖母は元気がなかった。

火曜日の十一時に私が迎えに来る約束をして病室を出る。

「おばあちゃん、元気がなかったですね……」

エレベーターに歩を進めながら、気になったことを口にする。

「退院しても、思いどおりに体を動かせない不安があるんだろう」

「そう思います……」

「とみさんが戻って来る前に、祖父母に君が穂乃香だという話をする。とみさんの前では今までと変わらずに奈乃香と呼ぶと、祖父母には理解してもらおう」

「はい」

祖母の記憶を取り違える病気が露呈するものだけれど、なんとかおじい様とおばあ様にはわかってもらいたい。

その日の夕食の席で、冬貴さんは私が奈乃香ではなく、双子の妹の穂乃香だと祖父母に話した。

祖母のことを話さなくてはならなく、騙されたと憤慨《ふんがい》するかもしれないと思っていたが、おばあ様は私に同情して涙ぐんでくれた。

「とみさんの前では、奈乃香さんと呼ぶわね」

「ありがとうございます。祖母は私を奈乃香と思っている以外は問題ないんです」

「わかっていますよ。おかしいことなんて一度もありませんでしたからね。ねえ、あなた」

「ああ。ひとり身になって頑張っている女性だと感心させられていた」

おじい様も食事の手を止めて頷いてくれる。

「当分、とみさんは通院をして、散歩などで体を動かしてリハビリに専念してもらう」

「それがいい。無理のない範囲で体調を戻すようにな。奈、いや違った。穂乃香さん、こちらのことは妻が手伝うから、おばあさんを見てあげなさい」

「ありがとうございます。でも、アルバイトも木曜日で終わっていますから時間に余裕がありますし」

カフェレストランのアルバイトは新しく雇用されたので、心置きなく辞めていた。

「穂乃香は無理をする癖があるから、俺が気をつけるよ」

「冬貴さん、そうしてあげてね」

気を悪くされないで良かったと、胸を撫《な》でおろした。


家事を終わらせてベッドルームへ戻ると、冬貴さんも隣の書斎から出てきた。

「お疲れ。穂乃香、ここに座って」

冬貴さんは私をベッドの端に腰を下ろさせる。

「家政婦のことだが、とみさんはもう仕事ができないと思う。年だし無理をさせられない」

「私もそう思います。おばあちゃんは納得してくれるでしょうか……家を出て行かなければならないですし」

祖母はまだ働く気でいる。でも、私ももう無理ではないかと思っていた。

「とみさんは穂乃香のおばあさんで、俺たちの家族だ。家は今のまま、とみさんが住み続ければいい。祖父母もそれがいいと言っている。俺は一生とみさんの面倒を見るつもりだから。穂乃香は心配するなよ」

彼の気持ちに感極まって涙が溢れてくる。

「冬貴さんっ、ありがとうございます」

彼に引き寄せられると、その胸に抱きしめられ、背中を優しく撫でられる。

「とみさんのこともあるし、穂乃香がすべてをこなすのは大変だと思う。新しい家政婦を雇ったらどうかと思うんだが？」

体を少し離して冬貴さんを見遣ってから、首を横に振る。

「お掃除は五十嵐《いがらし》さんがしてくれますし、平気です」

「では、穂乃香が妊娠したら考えよう」

「はい。そのときに」

にっこり笑った私を冬貴さんは突として抱き上げて立った。

「風呂に入ろう」

「ええっ？　おじい様たちが家にいるじゃないですか。だめです」

「祖父母たちの部屋は風呂場から遠いから大丈夫だ」

「で、でもキッチンに用事があったりしたら」

「風呂場で淫《みだ》らなことをするわけじゃないんだ。純粋に妻と風呂に入るだけだ。許容

「範囲内だろう」

冬貴さんは不敵に笑って、異議を唱える私を無視してベッドルームを出た。抱き上げられたままなので、抵抗もできない。

一緒に入ったって知られたら……。

「顔が真っ赤だぞ」

「おじい様たちに知られたらと思うと、羞恥心《しゅうちしん》に襲われたんです」

「大丈夫。もう二十二時を回っている。ふたりの就寝時間だ」

その言葉にほんの少し安堵したところで、洗面所の床に下ろされた。


綾瀬家の浴槽は広く、大人ふたりが入っても余裕がある。私は冬貴さんに背を向けて抱えられる形で湯船に身を沈めて温まっている。

私の手は大きな彼の手に絡めるように握られ、冬貴さんの唇はうなじに触れる。

「だ、だめです。何もしないって」

「穂乃香の体を抱きしめたら欲情してきた」

ちゅ、ちゅっと、うなじから肩に唇をあてられ、体が疼《うず》き始める。

完璧で愛してやまない人から欲されるのは最高の気分だが、理性が邪魔をする。

冬貴さんの腕の中から身じろいで向き合う。

「そう言えば、彩乃さんから聞いたのですが」

「管理栄養士の先輩だったよな」

冬貴さんは浴槽に背を預ける。

「はい。彩乃さんには理香さんという看護師の友人がいて――」

「理香さんって、三峰《みつみね》さんのことか？」

「そうです。それで、綾瀬先生は愛妻弁当を看護師や同僚に自慢していると彩乃さんに教えてもらいました」

満面の笑みを浮かべると、冬貴さんも顔を緩ませる。

「当然だ。穂乃香の作る弁当は最高だからな。自慢するに値する」

私の想像では、結婚しても目をハート型にして近づく看護師の牽制なのではないかなと思う。

「じゃあ、もっともっと自慢できるようなお弁当を作らなきゃ」

「もう十分だよ。あれ以上の弁当を作るよりも、俺をかまってくれ」

冬貴さんは首を伸ばし、顔を私の方に近づけると甘く唇を塞《ふさ》いだ。

「俺の忍耐もここまでだな。早くあがってベッドで愛させてくれ」

ストレートに愛を伝えてくれる冬貴さんは、私の心臓をいつも高鳴らせてくれる。

早く赤ちゃんを授かりますように。


火曜日。今日は祖母の退院の日だ。

会計で入院費を支払い、病室へ行くと薬剤師が薬の説明をしており、それが済むと祖母を支え、荷物を持って病院をあとにした。

タクシーに乗った祖母はやはり元気がない。

「おばあちゃん、入院で疲れちゃったみたいね」

「ああ……。そうなのかもしれないよ」

タクシーを裏門につけてもらい家に入る。

まず祖母は、居間のチェストの上に置いた仏壇の前へ行き、お線香を焚き両手を合わせる。

それから疲れたように座椅子に座った。

「ひと休みしたら、大旦那様と大奥様に挨拶《あいさつ》しなくちゃね」

「うん。おばあちゃん、冬貴さんは働けなくてもこの家に住んでもらって、面倒を見ると言ってくれているの」

「なんだって？　そんなお優しい言葉を……」

祖母の瞳が潤む。

「でもね、考えたんだよ。奈乃香、私は老人介護施設へ行くよ」

「え……」

「ちょうど空きがあると教えてもらってね。手続きをして、ここの荷物を処分したら行くよ。施設の隣にはリハビリ施設も併設されているから、この足にはもってこいだしね」

「そんな……」

老人介護施設は以前からいつかは入ると聞いていたが、まさかそれがこんなにすぐだとは思ってもみなかった。

「お前には大旦那様と大奥様もいる。おふたりもお年だし、今後、病気になったら大変になるのは奈乃香だよ。私はお荷物になりたくないんだ」

「おばあちゃん、老人介護施設に移り住むのは、もう少しあとでも遅くないわ」

「お前は優しいね。そう言ってくれて嬉しいよ。けどね、老人介護施設へ入るのもなかなか大変でね。今なら待たずに入れるんだ」

「それはどこ……？」

祖母は病院から持ってきた荷物から、老人介護施設のパンフレットを出した。

「千葉《ちば》県の鴨川《かもがわ》ってところだよ。海も部屋から見えるらしい。冬貴様とたまに顔を見せに来てくれれば十分だよ。今までもそうだっただろう？」

祖母は「そうだ、渡したいものがある」と、ゆっくり立ち上がると隣の部屋へ入って行くが、なかなか戻ってこない。

渡したいものが見つからないのかな……。

「おばあちゃん？」

隣の部屋を覗《のぞ》くと、祖母はベッドの端に座り、両手で顔を覆《おお》って嗚咽《おえつ》を漏らしていた。

畳の上には物が散らばっている。お菓子の箱から写真のようなものが飛び出ている。

「おばあちゃん！　どうしたの!?　足が痛むの!?」

駆け寄って祖母の前にしゃがんで足を擦る。

「ち……違う……ううう……」

「おばあちゃん……？」

「ほ……穂乃香、すまなかった……私はどうしたらいいんだ……」

穂乃香……？　今、おばあちゃんは穂乃香って……。

「私が……奈乃香じゃないって、わかるの？」

顔を覆いながら、祖母は何度も頷く。

「写真を、奈乃香の写真を見たら、思い出したんだ。私はなんて酷《ひど》いことをお前にしていたんだ」

畳の上に落ちているお菓子の箱を拾って、中の写真を見る。

小さい頃からの、奈乃香と並んで撮った写真が何枚もある。ふたりで写真を撮ったのは中学が最後だ。そのあとは、金髪の奈乃香が数枚に私のは二枚ほど。

もう一枚チラシが落ちていた。それを手にしてみると、裏に何か書かれてある。ひっくり返した瞬間、息を呑《の》んだ。

それは、奈乃香が私にあてた手紙のようなものだった。

【穂乃香へ、いつもつらく当たってごめんね。私がグレたのは、穂乃香のせいじゃないよ。もちろん、お父さんとお母さんのせいでもない。少しは寂しかったのもあるけれど、友達と遊ぶと気持ちが晴れて楽しかったの。どんどん深みにはまったのは私のせい。でも、元旦からは心機一転やり直すから。金髪も卒業よ。勉強をして大学にも行く。どんなに時間がかかってもやり遂げて、皆を安心させるから。奈乃香】

日付はクリスマスの前、お父さんと言い合いをして家を飛び出した奈乃香は、祖母の家にいると連絡をもらった日だ。

「奈乃香……」

涙が溢れて止まらなくなり、嗚咽を漏らす祖母を抱きしめて、しばらく泣き止むことができなかった。


その夜、冬貴さんが帰宅したのは二十一時を回っており、夕食を温めていると、後ろに彼が立った。

祖母が老人介護施設へ行くと決めたことや、私が穂乃香だと思い出した旨を冬貴さんにメッセージを送っていた。

「遅くなってすまない」

首を左右に振って振り返る。

「お疲れ様です」

くいっと顎を持ち上げられ、涼やかな目で見つめられる。

「目が赤いし腫《は》れぼったい。大丈夫か？」

「おばあちゃんが私のことを思い出してくれたけど、喜びはなかったんです……。そのことはもうどうでも良くて、でも、奈乃香の想いを知ったら、悲しくなって……」

口にしたら再び目頭が熱くなってしまい、涙がたまっていく。

冬貴さんは私の後頭部に手を置いて、自分の胸に引き寄せた。

「彼女の気持ちを知ることができて良かったな。とみさんの記憶の取り違えが治ったのは、手紙を書いているときの奈乃香の姿を思い出したからだろう」

「おばあちゃんはもっと落ち込んじゃって……」

彼の手で髪を撫でられると安心感が広がる。

「穂乃香が寄り添うしかないだろうな」

「そうですね。今は祖母が元気を取り戻して、老人介護施設で楽しく暮らしてもらえるようにしないと。おばあちゃんは一度決めたら曲げないので、了承するしかないみたいです」

「そこの老人介護施設を調べたが、なかなか評判はいいらしい。職員の目配りも行き届いているようだ」

「忙しいのにありがとうございます。今、ご飯とお味噌汁を用意しますね」

小さく微笑む私のおでこに、愛しい人の唇が落とされた。

エピローグ

「まーだだよ。もー、パパもかくれて！」

「もーいーかい？」

キッチンの窓から、庭で遊ぶ子供たちの楽しそうな声が聞こえる。

五月の中旬、うららかな日差しで気持ちいいお天気の土曜日だ。

あれから四年の月日が経った。

私は妊娠をして、無事に帝王切開で男女の一卵性双生児を出産し、幸せな日々を送っている。

結婚当初、冬貴《ふゆき》さんは一年後にアメリカの医療機関に戻る予定だったが、妊娠中や子供が小さいうちは海外で生活するのは大変だからと、向こうで働くことを数年間延期した。

来年、私たちはロサンゼルスの義両親が暮らす土地へ行く予定になっている。そのために英会話スクールにも通っていた。

ニューヨークよりもロサンゼルスの方が気候も良く、子育てものんびりできそうだし、何よりも孫たちと頻繁に会いたいとの義両親の願いだ。

おじい様とおばあ様はそれに伴《ともな》い、最高級設備の整ったホテルのような老人介護施設へ住むことになる。

「ワッフルが出来上がったのに、まだ戻ってこないんだから」

双子は庭で駆け回るのが大好きだ。まだ小さいので、いつも付き添わなくては危ない。今日は冬貴さんが監視役を務めている。

キッチンを出て、三人を捜し始める。

「さっきまで声が聞こえていたのに、どこへ行っちゃったんだろう」

バラが咲く道を通り、あたりへ視線を巡らせていると、冬貴さんが立っているのが見えた。

すぐ近くに長女の唯花《ゆいか》が隠れるように身をひそめている。三分遅くに生まれた長男の佑《たすく》は、あちこちキョロキョロしている。ふたりとも冬貴さんの目の届くところにいた。

私は佑に見つからないように腰を屈《かが》めて唯花の元へ行く。

「あ、ママ」

唯花は満面の笑みになる。

「シーッ」

口元に指を立てて愛娘の隣に体育座りをして、佑に見つかるのを待つ。

「ママも小さい頃、ここでかくれんぼするのが好きだったのよ」

「うん。パパがいってた。ママはとーってもかわいかったって」

そんなことを娘に話したのかと、笑みを漏《も》らす。

『なのちゃんとかくれんぼしているの。おやしきにすんでいるおにいさん?』

『かくれんぼをしていたんだ。そう、冬貴って言うんだ』

『ふゆきおにいさん』

ここへ来ると、あのときのことを思い出す。

私は走ることを制限され、奈乃香《なのか》は元気に走り回っていた。

過去を振り返っていた私の目の前に影が落ちる。

「ゆいちゃん、みーっけ。ママもー」

佑を肩車した冬貴さんが立っていた。

「あーいいなー、パパ。わたしもー」

肩車をうらやましがる唯花に、冬貴さんは顔を緩ませる。

「佑、唯花と交代な」

どちらかというと、唯花は思ったことや、やりたいことをすぐ行動に移し、内向的な佑の性格は私に似ているかもしれない。

佑は冬貴さんの肩から降りて、私のところへ来ると手を繋ぐ。

「唯花、おいで」

「うん！」

唯花は冬貴さんに肩車されて満足している。

「ワッフル焼けたから迎えに来たのよ」

「はやくたべたーい。ね、たっくん」

佑と言えずに、ふたりは「ゆいちゃん」「たっくん」と呼んでいる。

「穂乃香《ほのか》、ワッフルを食べたら、とみさんのところへ行こう」

「わーい。とみおばあちゃんのところ、いきたい。たっくん、うみのすなはまでおやまつくってあそぼ」

私よりも唯花と佑の喜びように笑う。

「とみおばあちゃん、唯花と佑に会うのを楽しみにしているわね。じゃあ、早くワッフル食べちゃおう」

ふたりは「はーい」と元気よく返事をした。

家へと歩を進めながら芝生の上に、私たちの影が映る。

この光景は私が夢を見たものだった。

一瞬一瞬が大事で、守りたい家族だ。

私を見守ってくれるお父さん、お母さん、そして奈乃香。今の私をきっと喜んでくれているはず……。

ふと、唯花を肩車した冬貴さんと目と目が合い、微笑《ほほえ》み合った。

END

あとがき

こんにちは。このたびは『過保護な心臓外科医は薄幸の契約妻を極上愛で満たす』をお手に取ってくださりありがとうございました。

つらい人生を歩んできた穂乃香の最後、幸せな家族の一コマを見届けていてくださったことと思います。彼女の大変な境遇、気持ちに共感してうるっとしてくださると、作家冥利に尽きます。

令和五年の年が明けてからのマーマレード文庫の発売ですが、皆様、お正月はいかがお過ごしでしたでしょうか？　私は執筆に追われながらも近場に出掛けたりして、毎年同じようなお正月を過ごしています。今年こそ、コロナに左右されずに楽しんでいきたいものですね。

素敵なカバーイラストを手掛けてくださいました炎かりよ先生、ご尽力くださいました編集様、ハーパーコリンズ・ジャパンの皆様、この本に携わったすべての皆様に感謝申し上げます。

若菜モモ

マーマレード文庫

過保護な心臓外科医は
薄幸の契約妻を極上愛で満たす

2023年1月15日　第1刷発行　定価はカバーに表示してあります

著者　若菜モモ　©MOMO WAKANA 2023
発行人　鈴木幸辰
発行所　株式会社ハーパーコリンズ・ジャパン
東京都千代田区大手町1-5-1
電話　03-6269-2883（営業）
0570-008091（読者サービス係）
印刷・製本　中央精版印刷株式会社

ISBN-978-4-596-75958-0

m a r m a l a d e b u n k o